中公文庫

犯 罪 調 書

井上ひさし

中央公論新社

目次

犯罪調書

煉歯磨殺人事件

白い下半身を剝《む》き出しにした娘が横たわっている。麻酔薬を嗅《か》がせられているらしく身動きひとつしない。娘の、高く盛り上った胸が皮鞴《ふいご》のように規則正しくゆっくりとせり上り沈み込む。と、思いつめた目をした中年男が冷たく光る鋭利な刃物を握りしめ、娘の下腹部へ顔を近づけて行き、ぐさりとその刃物を突き立てた……。

殺人か。そうではない、帝王切開がこれから始まるのである。つまり舞台がなによりも大事だ。背景がものをいう。舞台をぼかしねじ曲げれば手術でさえもおどろおどろしいものになる。背景がつまらないと連続大量殺人も四十四のゴキブリが貼《は》りついて死んでいる、一個のホイホイ箱にかなわない。ドラキュラ伯爵もルーマニアのカルパチア山脈の山城に住んでいるから様子がいいので、浅草の花屋敷の住人だったら子どもにサインをねだられるぐらいがせいぜいのところだろう。

「犯罪調書」の記録方としては、そのようなわけで、毎回、舞台と背景の説明に悪凝《わるご》りしなければならない。

ドラキュラ伯爵の居城はカルパチア山脈の西の麓《ふもと》のビストリツァという人口三万の町か

ら馬車で半日、東北へ入った山中にあるが、このビストリツァから南下してトランシルバニア山脈を越えると、黒海へ注ぐヨーロッパ第二の大河ドナウダニューブ川によってできたワラキア平野へ出る。この平野の西にブカレストがある。ルーマニアの首都、人口百五十万、バルカンの小巴里《パリ》という綽名《あだな》のある美しい町（かどうか行ったことがないからよくわからないが、どんな旅行案内書にもこう記してある）だ。煉歯磨《ねりはみがき》殺人事件の被害者はこのブカレストの国立劇場の専属女優チタ・クリステクで、殺されたとき二十五歳だった。しかもチタは二十歳のときにミス・ルーマニアに選ばれたという美女であり、これだけでも記録方の筆は昂奮《こうふん》のために震えてくるのである。

事件が発生したのは一九三三年二月だが、この日付が事件をほとんど芸術的なものに仕上げた。この年の冬、ブカレストは史上最低の気温、零下四六度を記録しており、二月中に零下三〇度以下の日が六日もあった。事件はこの異常な低温のために最後の最後に大逆転をみることになるだろう。

さらにこの二月にはルーマニア史に特筆さるべき大事件が出来《しゅったい》している。ルーマニアの全鉄道従業員が参加した全国ストライキが起ったのだ。政府は軍隊を投じてこれを鎮めようとしたが、兵士たちは発砲を拒否し、憲兵と警察が狩り出された。その結果、四百人の死者と五百人を超える負傷者が出たが、むろんこれらはすべてストライキ労働者だった。

もうひとつ、この二月に世界史年表に絶対に欠かせない出来事が起っている。二月二十七日、ナチスは国会議事堂に放火した。

この事件の「素晴しさ」は、これらの大事件とじつは深いところで関わり合いを持っていたということで、道具立ては目が眩《くら》むほどきらびやかである。

当時、ルーマニア国王の座にあったのはカロル二世という外国人だった。父のフェルディナント一世はドイツの貴族（ホーエンツォレルン家の次男坊）でルーマニアの国王、母メアリはイギリスのヴィクトリア女王の孫娘、したがってカロルはルーマニア人というより独英の混血児である。ちなみにルーマニア人の大半はイタリア人の末裔、ラテンの血を引いている。このカロル二世は変人だった。皇太子となりギリシャの皇女ヘレネと結婚し王子をつくったが、三十二歳のときに十一歳年下の若い人妻（マグダ・ルスペク）と駆け落ちして巴里に逐電、王位継承権を放棄した。ところが六年目にこのルスペク夫人に棄てられ、ルーマニアへ舞い戻り、わが子を斥けて自ら国王を宣言したのである。なお、これは後の話になるが一九四〇年、ナチスとの提携を叫ぶ右翼団体「鉄衛団」に命を狙《ねら》われたカロルはふたたび王位をポイと棄て、スイス、ポルトガルをへてメキシコに亡命し、アルゼンチンで、よりを戻したルスペク夫人と結婚した。

ところで巴里から舞い戻ったカロルが重用した政治家にゲオルゲ・クリステクという貴

族があったが、じつはこのゲオルゲがチタの実父だった。

事件が発生したのはある寒い夜のことである。劇場で父や母と落ち合ったチタはてろてろに凍った道に三回ばかり転倒しながら二〇〇米《メートル》ほど離れたアパートへ戻った。このアパートの所有者はチタの姉のミカイで、ミカイはこのとき夫と別居中だった。つまりチタは姉の家に居候していたわけだ。ミカイは妹と両親に温いトウモロコシのスープを出した。茹《ゆ》でたポテトも用意してあった。アメリカ大陸からスペイン人によって運び込まれたトウモロコシとポテトはヨーロッパ人の生活を変えたといわれるが、このふたつはイタリアを経て東欧にも移植され、このときルーマニアの中心的作物となっていた。

この夜食の席の話題を独占したのはチタの結婚話だったといわれる。楽屋に毎日のように贈物を届けてくる美青年がいて、そのひと月ばかり前にはチョコレートの箱の底に、

「結婚してください」

というメッセージを忍ばせてきた。そこで父親が身許《みもと》を探ると有力な貴族の長男で外交官のホック・クーザという者であった。父親はにわかに乗気になって、この夜も娘の母（つまり妻）を帯同して口説きにやってきたのである。チタはあまり乗気ではなかったようだ。

「よく考えてみるわ」

と返事をし、アパートの一階まで両親を見送った。両親は五〇米ほど町の中心部に戻ったところに建つ高級アパートに住んでいた。

引き返したチタは浴室で身体《からだ》を洗い、歯を磨き、床に就いた。つづいて姉のミカイが湯あみをし自室に引き揚げようとした。このとき時計が十二時を打った。みるとチタの寝室から灯が洩《も》れている。ミカイはドアを開けて、

「あんな薄情な男のことは忘れてしまいなさい。リビュのことは諦《あきら》めて外交官夫人になったほうがいいわ。末はきっと外務大臣夫人よ」

と忠告した。リビュとはルーマニア最大の製薬会社の御曹子で、チタとは五年越しのつき合い、むろん肉体関係もあった。このとき父親が社長をつとめる製薬会社の主任技師をしていた。妻帯者である。つまりチタはリビュの情婦だったわけだ。一回寝るたびにリビュはチタの一ヶ月分の給料に相当する金を渡していた（後の、リビュ自身の証言）。

「でもねえ……」

とチタは答えた。

「リビュはときどき信じられないぐらいやさしくなるの。そのときのリビュが忘れられない」

「なにを言っているのよ」

ミカイはベッドの端に腰をおろし、妹の首にやさしく腕を巻いた。

「忘れなきゃだめよ」

不意にチタが姉を突き離した。

「お水をちょうだい。歯を磨いたばかりなのに口の中がおそろしく変な味がするのよ。苦しい、医者を呼んで」

ミカイはチタの顔の色が紙よりも白くなっているのにおどろき、部屋をとび出すと女中を叩き起して医者へ走らせ、コップに水を汲《く》んでチタの寝室へ戻った。だがチタはすでに死んでいた。

チタの遺体はさっそく医科大学病院に運ばれ解剖に付された。胃から青化物が発見された。新聞はこの名門令嬢にして美人女優の怪死を連日、第一面に掲げた。鉄道のストライキも史上最低の気温もともに小さく扱われ、新聞の隅へ追いやられてしまった。

姉ミカイが、

「犯人はリビュだとおもいます。妹に結婚話が舞い込んだのを嫉妬《しっと》して毒をのませたのです」

と言い立てるので、警察はリビュを呼び出した。そのときのリビュの申し立てはこうである。

「たしかにチタは五年間ぼくの女でした。一週間前にも彼女の寝室で、姉さんのミカイさんの留守のときに、逢《あ》っています。ただし、ぼくは別れ話をしに行ったのです。ぼくと別れてその青年外交官と結婚しなさい、その方がおたがいのためだよ、と口を酸っぱくして言い聞かせました。なにしろチタは金のかかる女でしたからね、こっちとしてはいささかうんざりしていたところだったのです。ぼくはここからまっすぐ馬橇《ばそり》でシナイアへ行きました」

シナイアというのはブカレストの北にあるこの国第一の保養地である。

「シナイアには別荘がありますのでね、そこで一週間、過してきましたよ。むろん事件当夜も別荘におりました。仲間が一緒でした。トランプ仲間が六人……」

警察はそのときスト鎮圧のために狩り出されていて手薄であった。捜査に当ったのはわずかの三名。この三名は一週間かかって次の如《ごと》き結論を書類にして上司へ提出した。

〈この事件が殺人事件であるとすれば技師のリビュ以外に犯人はいない。チタを死に到らしめた青化物はリビュの製薬工場の棚にいくらも並んでいるし、また彼には充分な動機もある。しかし、彼がどうやってチタに毒を盛ったかが皆目わからない。リビュにはアリバイがある。一週間もブカレストを離れていたのだ。そこでわれわれはリビュに尾行をつけ徹底的に彼を洗い上げなければならない。それには係員をあと三、四名増員していただき

たい〉

　警察長官はまるで逆の結論を出した。

〈チタは自殺したのである。おまえたちは捜査を切り上げ、スト鎮圧にまわれ〉

　普通だと事件はここで迷宮入りであるが、この事件はさすが第一級の殺人事件だけあって魅力的な脇役《わきやく》を用意している。巡邏《じゅんら》巡査のチルゴビシテというものが、チタ自殺説に疑問を抱いた。チルゴビシテは巡邏中に何回かチタを見ていた。そうして、そのたびに、

「どうだ、あの高ぶった歩き方は。自己顕示欲のかたまりみたいな娘だな」

という感想を抱いた。そういう女優が遺書も書かずに黙って死ぬようなことがあるだろうか。いや、きっと自分の自己顕示欲を満足させてくれるような方法を選ぶにちがいないのだ。したがってこれは自殺ではあり得ない。チルゴビシテはまた、新聞に載っていたチタの最後のことば、

「歯を磨いたばかりなのに口の中がおそろしく変な味がするのよ」

にも引っかかった。そこで彼は医科大学へ出かけて行き、検査室の助手にたのんでチタの死体の歯ぐきを調べてもらった。多量の青化物が検出された。例年の気温であればチタの死体は二日か三日のうちに埋葬されていたはずである。だが史上最低の気温が墓地の土を鉄板より強固なものにしていた。また、その寒さ故、死体が腐敗するおそれもない。こ

のふたつの理由でチタは二週間以上も医科大学の暗い地下室に放置されていたのだった。

チルゴビシテはミカイの家を訪れ、当時としては最新流行のチューブ入りの歯磨を押収した。リビュの会社の製品だった。検査してもらうと少量の青化物が出た。松本清張の推理小説に出てくるような、こまめなこの巡査はシナイアのリビュの別荘へ行き、家中をさがしまわり、ついに寝室の枕頭台《ちんとうだい》の引出しの奥から注射器を一本発見した。青化物の残滓《ざんし》が認められた。

「シナイアに行く直前、リビュはチタの家を訪問し、隙《すき》を見て歯磨の中に青化物を注射した。それもチューブの奥深くへ、だ。一週間目にその部分がようやくしぼり出されてチタの口中に入る。そしてリビュはそのころ別荘でトランプに興じている。つまりこれはアリバイ工作だった……」

証拠を揃《そろ》えてチルゴビシテは警察長官に面会に出かけた。が、その翌朝、ブカレスト駅構内で撲殺体《ぼくさつたい》となって発見される。警察は「ストの連中にやられたのだ」と発表した。

こうしてチタの殺人事件はこんどこそほんとうに迷宮入りしてしまった。だが、その後のルーマニアの歴史が真犯人の姿をはっきりと指し示してくれている。カロル二世はストライキを話し合いで解決したがっていた。これは懐刀のゲオルゲ・クリステクの進言だった。しかし娘の事件でクリステクは信用を落し、やがて引退に追い込まれた。カロル二世の股肱《ここう》の臣にはそれから以後も奇怪な事件があいついで見舞い、そのせいでいずれも政界から退いているが、その最初がこの事件だった。やがて丸裸になったカロル二世はルーマニアを捨てて南米へのがれるが、鉄衛団がナチスと提携したのはその直後のことだった。なおこの鉄衛団は農民に支持されていた。ルーマニアには農民党を名乗る野党（しかも第一党）があったが富農の利益しか代表してくれず、そこで絶望した貧農たちがこの極右団体を担ぎ出したのである。

女青髭殺人事件

この連続殺人事件を扱った民謡《カントリーソング》はすくなくとも五曲現存しているが、そのうちのひとつは「赤い月」というバラードで、筆者はこれをグランパ・ジョーンズのレコードで聞いたことがある。ジョーンズは、眉墨で顔中に皺《しわ》を描き、長い塩垂れた口髭《くちひげ》を貼《は》りつけてグランパ（じいさま）のこしらえをし、それでいて滅法界に元気で五弦のバンジョーをじゃじゃ弾きしながら、作った嗄《しわが》れ声で歌うことで、五〇年代のアメリカテレビ界ではかなり人気のあった歌手であるが、「赤い月」とはこんな歌だ。

赤い月が昇るよ
インディアナの平原に
赤い月に背を向けて
ベル・ガンネスが逃げて行く
思い出しながら
思い出しながら

あの十人以上のノルウェイ男を
思い出しながら

赤新聞の結婚紹介欄だよ
男たちをおびき出したのは
ベル・ガンネス農場の赤い門を
男たちはいそいそと潜る
笑いながら
笑いながら
だけどだれひとり出てこなかった
その門からは

赤いコーヒーを飲んだよ
人の善《い》いノルウェイ男たちは
なぜコーヒーが赤いのだろう
それは眠り薬のせいさ

眠りのなかで
眠りのなかで
男たちはどんな夢を見ていたのだろう
だれも知らない

赤い穴倉に運ばれたよ
豚のように眠る男たちは
斧《おの》で殴られ　庖丁《ほうちょう》で首を落され
首はゆっくり溶けて行く
生石灰のなかで
生石灰のなかで
胴体はコマ切れに切り刻まれて
豚のエサになった

赤い月が沈むよ
インディアナの平原に

赤い月を追いかけて
ベル・ガンネスが逃げて行く
数えながら
ノルウェイ男たちの遺した金を
数えながら

インディアナ州はアメリカ中北部の州で、ライ麦、冬小麦、タバコ、トマトの産出量ではカリフォルニア州に次いで同国第二位である、というと農業でもっている州のようだが、ここは工業もさかんなところで、フォードが彼の最初の自動車を造ったのも州都インディアナポリスにおいてであったし、州の最北部、ミシガン湖畔にはUSスチールの工場の所在するゲーリー市もある。シカゴはこのゲーリー市と西へ二〇粁《キロ》しか離れていない。

ところでこのゲーリー市から東へ七〇粁行ったところにラポルトという小さな町がある。この町の郊外の農場へ、ベル・ブリンヒルド・ポールサッター・ソレンソンという長ったらしい名前の後家が引っ越してきたのは一九〇一年のことである。身長一米《メートル》七〇糎《センチ》、体重九〇瓩《キロ》の、肥った女だった。年齢は四十一歳、ベルはこのとき、二人の子供と、十六歳の少女ジェニー・オルソンを伴ってきた。農場の広さは約六千坪だったが、彼女は作物をあまり作ろうとしなかった。豚小屋を建てて豚を飼い、子牛を放った。入居と同時に注目すべきふたつの工事が行われた。ひとつは中庭で、縦二一米・横一五米の庭は高さ二・四米の柵《さく》でかこまれ、そればかりではなく四周に頑丈な金網が張りめぐらされた。もうひとつの工事は地下物置場の徹底的な改造だった。床はさらに掘り下げられ、その分だけ天井が高くなった。天井には鉤《かぎ》と滑車が取りつけられた。床に巨大なかまどが運び込まれた。かまどの上には浴用のものよりもさらにひとまわり大きな桶《おけ》。そうして中央には厚さ五糎もある樫製《かしせい》の大机。四周の板壁に大庖丁や斧や太くて長い皮紐が幾巻も下げられた。

「どうしてこんなすさまじい仕掛けをなさるんです」

と、大工が怪訝《けげん》そうな表情でたずねると、ベルはこう答えた。

「今度、ゲーリーに世界一の製鉄所ができるっていうじゃありませんか。大勢の人がそこで働くことになりますね。そこでわたしはその人たちのたべる肉をこの地下室でこしらえるつもりなんですよ」

大工は女手ひとつで屠殺業をやろうなどとはなんという気丈な女なのだろう、と感心した。感心したついでにもうひとつ質問した。

「この農場をぽんと現金でお買いになったそうですな。あなたは相当なお金持なのですねえ」

　するとベルは涙をぽろぽろ流しながら、

「去年、主人のビル・ソレンソンが棚の上から落っこってきた挽《ひ》き肉器に頭を打たれて死にました。不幸中の幸いとでもいうのでしょうか、主人は八千ドルの生命保険に入っておりましたのでね、ここをそのお金で買うことができたのです。ほかにイリノイの家が五千ドルで売れましたし……」

と語ったが、このときの彼女の涙はたぶん悲しみのために流されたのではないだろう、といわれている。おそらく嬉《うれ》し涙ではなかったのか。というのは彼女の最初の餌食《えじき》が、この前夫のビル・ソレンソンだっただろうとみられるからだ。そして挽き肉器は嘘《うそ》でほんとうは彼女の振りおろした斧がビル・ソレンソンの命を奪ったのではないか。——

　翌年の一九〇二年、農場へピーター・ガンネスというノルウェイ出身の男がやってきた。持参金に四千ドル持って、いそいそと。ピーター・ガンネスはシカゴの新聞の結婚案内欄で、
　農場を持つ四十一歳の未亡人。顔には自信はありませんが、やさしさと愛情でそれを埋め合せする自信があります。わたしと同じように正直で、働き者の、できればノルウ

ェイ系の男子と文通したいと思います。さあ、わたしの農場をうんと大きくしようではありませんか。インディアナ州ラポルト郊外ベル・ソレンソン。

とあるのを読み、じつは農場仕事をしてみたくて仕方がなかったときでもあったので、これぞ神のお導きであると感謝しながら押しかけ婿になるためにやってきたのだった。だがその神は死神だったらしく、ピーター・ガンネスは半年後に死ぬ。死因は「棚の上の挽き肉器を頭で受けとめたので」ということだったが、むろんこれは眉唾《まゆつば》ものである。いずれにせよ、ベルは持参金四千ドルのほかに生命保険会社から五千ドルの保険金をもあわせてせしめた。

それから三年間はインディアナに赤い月は昇らなかった。ベル・ガンネスは屠殺業に精を出し、すこしずつ預金額をふやして行った。ところが一九〇六年、アプトン・シンクレアが『ジャングル』を書き、シカゴ精肉産業の内幕を暴露した。これが引金となって純正食品薬剤法や食肉検査法などが制定され、ベルのような屠殺業は成り立たなくなった。政府の衛生検査に合格した、大きな施設以外での屠殺は禁止されることになったのである。ベルの穴倉はこのときを境に、牛や馬の屠殺場から人間、それもノルウェイ男の屠殺場にかわる。生産能率（というよりも殺害能率といった方がよいかもしれない）をあげるために、ベルは保険金をあてにしない方針に切り換えた。それに保険金めあての殺害は危険でもある。ベルは小金をため込んだ四、五十代のノルウェイ人の男を、新聞の結婚紹介欄を通じてラポルトに招き寄せ、「赤い月」の歌詞どおりのやり方で殺し、小金を奪った。犠牲者はすくなく見積っても十人を超えるといわれるが、名前のわかっているのは以下の三人だけだ。

ジョン・ムー　ノルウェイからの移民。ミネソタのエルボウレークから一千ドル持ってやってきて、十日で消息を絶った。当時五十一歳。（一九〇六）

オール・バッズバーグ　ノルウェイからの移民。アイオワから二千ドル携えてベルに会いに来た。当時五十歳。（一九〇七）

アンドルー・ヘルジェレイン　ノルウェイからの移民。南ダコタから三千ドル持ってラポルトへ来る。当時四十三歳。（一九〇八）

ところでベルの手紙が一通だけ残っている。アンドルー・ヘルジェレインがラポルトへでかけるときに南ダコタの自宅へ置き忘れていったものだ。上質の便箋《びんせん》に美しい筆蹟《ひっせき》でこうしたためられている。

この世でだれよりも懐しい友へ。

この世の中でいまのわたしほど仕合せな女はいないでしょう。わたしはあなたのお手紙を読んで、ああこの人こそわたしがながいあいだ待ちのぞんでいた男だ、と分ったからです。そのあなたがわたしのところへやってきて、わたしのものになってくださる。これが仕合せでなくて、いったいなにが仕合せでしょうか。

ねえ、わたしたちがどんなにすばらしい夫婦になるか、ちょっと考えてみて。あなたは世界でいちばんすてきな方。わたしたちはおたがいにかけがえのない恋人同士なのです。それ以外のなにものでもありませんわ、わたしたちは。わたしの子どものひとりがあなたのことをよくききたがります。アンドルー、音楽みたいにきこえる名前だね、ママ。子どもがこういっています。ほんとうに子どもっていいことをいいますわ。

わたしの心臓はあなたを思ってはげしく打っています。わたしのアンドルー、わたしはあなたが好き。どうかラポルトに永久にとどまるつもりでおいでくださいね。

日本語にしてしまうと味がなくなってしまうが、ベルの文章は当時、流行のヒットソングの歌詞を継ぎ足し継ぎ合せてできている。ベルはピアノが上手で、ニューヨークのティンパンアレイから取寄せた楽譜をやすやすと弾きこなしながらよく流行小唄を口遊《くちずさ》んでいたという。その〝素養〟が恋文を綴《つづ》るときについ出てしまったのだろうか。

さて、一九〇八年の四月下旬のある未明、ベルの家が火事で全焼した。焼跡から四つの死体が見つかった。そのうちの三つは子供のもので、ベルがソレンソンとの間にもうけたルーシーとマートル、それからガンネスとの間にできたフィリップであることが隣人や学校友だちの証言によってわかった。問題は残った死体がだれのものかということだった。成人女性のものであることははっきりしている。だがその死体には首がなかったのである。

ラポルトの警察は、

「ベル・ガンネスだろう。四人とも逃げおくれて煙に巻かれて焼死したのだ」

という結論を下そうとしたが、近所の人たちは納得しなかった。

「前から妙な農場だった。ノルウェイ人の男が次々にやって来ては、数日するとふっと見えなくなってしまう。じつは数日前、ガンネス夫人の長女のルーシーが『あたし、ママの秘密を知っているんだ』といっていました。つまり子供たちは母親がノルウェイ人の男たちをどう始末したか知っていた。その口ふさぎのために子供を殺したのではないか」

農場の作男も同じような証言をした。そしてさらに、

「首なし焼死体は小柄すぎる。奥さんはこの二倍も大きい体格をしていますぜ」

とも断言した。そこで警察は穴倉の床と中庭の土を掘った。合わせて十四個の死体が出てきた。そのなかに「カリフォルニアの大学へ勉強に行っている」はずのジェニー・オルソンの死体もあった。

ベル・ガンネスの逃亡説が決定的となったのはラポルトの銀行が、

「火事の前日、ガンネス夫人は三万ドルもの預金を引き出しになりました。残高は百五十三ドルです」

と発表してからである。以来、この稀代《きたい》の女青髭《あおひげ》はずーっと逃亡中（といってももうとっくにどこかで死んでいるにちがいないが）である。ところで二つの疑問が残る。ひとつは十年もの長期にわたって行われたこの大量殺人がどうしてばれずにすんだかということだが、たとえば例のゲーリー市が、ベル・ガンネスのラポルト移住の年は人口五百の寒村だったのに、ベル・ガンネス逃走の年には（その間、九年ちょっと）十五万の都市にふくれあがったというあたりに答がありそうだ。そのころのアメリカのすさまじいまでの人口変動、これがベル・ガンネスの犯罪を可能ならしめた第一の要因だろう。

もうひとつの疑問は、なぜノルウェイ人の男だけを犠牲者に選んだかということだが、

これはベル・ガンネスに直接に聞いてみなくてはわからぬ。ただ「ノルウェイ系移民はお人よし」という評判が当時はあったようである。なお、この女青髭はドイツ移民の二世だった。

肉屋の親方殺人事件

一九二四年のドイツではふたつの裁判が人びとの関心を呼んでいた。第一の裁判は前年の十一月にミュンヘンで一揆《いっき》を起した「国民社会主義ドイツ労働者党」の党首にかかわるもので、この長ったらしい党名はやがて「ナチス」という略号で呼ばれるようになるはずである。ところで、この党の党首はヒトラーという小男だった。五万の党員と、ミュンヘン地方の実業家たちや上流夫人たちを中心とした熱狂的な支援グループを持つこの小男は、裁判の第一日から裁判所を個人演説会場に変えてしまった。小男は、

「自分は正義のみに基いて行動した。五年前に革命を行った連中は歴とした犯罪者であり、その連中の親類どもが行っている現在の政治は、したがって犯罪そのものである。また連中が連合国側と結んだヴェルサイユ条約も犯罪的であり、そうしたもろもろの犯罪的なことがらからドイツ民族を解放することが、ミュンヘン一揆を計画し実行した動機である。そしてこの一揆はドイツ国防軍となんら対立するものではない」

と連日大声で述べてバイエルンの司法官たちを感動させた。司法官のひとりの給料はつい数ヶ月前まで四十億マルクであった。なんという高給取り！　と感心してはいけないの

で、レストランで食事をすれば出るときに十億マルクは支払わなければならなかった。レンテン・マルクの発行によってインフレは急速におさまりつつあるけれども、ヴェルサイユ条約があるかぎり、フランス、ベルギーによるルール地方占領のような事態がいつまた起るか知れやしない。この小男の言っていることは正しい。できるだけ刑を軽くしてやらなくては。司法官たちはこう考えて、この男に「五年の禁錮《きんこけい》刑に処す、ただし六ヶ月以降には保釈を許す」という判決をくだした。成行きを注目していた大衆は「刑が重すぎる」と不平を鳴し、なかの何人かが裁判所に石を投げた。一方、小男はランツベルク要塞監房の壁に「受難者」の象徴である月桂樹の花環を架け、その下でルドルフ・ヘスという奥目の秘書を相手に『わが闘争《マイン・カンプ》』の口述をはじめた。——

ちょうどそのころ、ミュンヘンから北北西の方角に、直線距離にして五〇〇粁《キロ》はなれた下《ニーダー》ザクセン地方の中心都市ハノーバー市の陪審裁判所では、整った顔のあちこちに梅毒患者特有のバラの花弁に似た丘疹《きゅうしん》を浮び上らせた小肥りの小男が、

「要するに、わたしのやった一切の犯行は、わたしを取りかこむ環境のせいである。途方もないインフレ、共産主義者の暗躍、ユダヤ人商人の強欲、闇《やみ》によらなければ生きられないほどの生活必需品の欠乏などがわたしを殺人に向わせたのである。もし、正常な、平和な世の中に生きていたら、たぶんわたしは今日この法廷に立つことはなかったにちがいな

いし、警察のスパイを職業のひとつにすることもなかっただろう」

と演説をしていた。さらにこの小男はこうもいった。

「おそらくわたしは死刑になることだろうが、そのときは市の広場で、大勢の見物人の前で処刑してもらいたい。なお墓石には『大量殺人犯人フリッツ・ハールマンの墓』と刻んでほしい」

大量殺人というが、このハールマンはいったい何人の人間を殺したのだろうか。残念ながら正確な数は不明である。ハールマンは梅毒性脱毛症による禿頭《とくとう》の持主だったが、同じ病毒が彼の頭皮の内側をも冒しており、そのせいで記憶脱落症にもかかっていたようだった。ハールマンは二十七人の犠牲者の名前を挙げたあと、

「この二十七人は去年から今年の六月までの一年半に手がけたもので、一昨年《おととし》以前の人間はどうしても思い出せない。でも、二十七人挙げたんだからもう充分じゃないか。これだけの人数を殺《や》ったことがわかっているんだ、この裁判所の検事たちがいかにボンクラでもわたしを死刑にできるだろう」

こう付け加えた。じつは右の台詞《せりふ》には〝裏〟があるのだが、それは後述するとして、犯罪研究家たちはこの忘れっぽい殺人者に代って、この半世紀のあいだ、正確な犠牲者数を割り出そうと懸命になってきた。研究家たちの意見は、最低五十八人から最高四百二十八

人までとさまざまである。筆者は四百五十人という数に固執しているが、もとよりにわか研究家、あまりあてにならない。

一九二四年五月七日、ハノーバー市の東の郊外の古城の近くにある中央給水所で遊んでいた子どもたちが、水の底に少年の白骨の沈んでいるのを発見した。同月二十九日には市の中心部にある水車小屋に麻縄でぐるぐる巻きにされた少年の死体の浮いているのが見つかった。発見者はアベックである。六月に入ると、ライネ川の川底の泥の中から数個の頭蓋骨が出てきた。どの頭蓋骨も十五歳から二十歳までの少年、あるいは青年のものと断定された。

この時点での警察の見解は以下の如《ごと》くであった。

①これらの白骨、死体、頭蓋骨はライネ川の一〇〇粁上流にあるゲッチンゲン大学の解剖教室から出たものだ。医学生たちが解剖ずみ死体の処理をいい加減にしたのではないか。

②①でなければ、目下チブスが流行しており、葬儀料に事欠いた家族が「エイ、面倒な」とライネ川へ死体を投げ込んだのだ。

③①でもなく、また②でもなければ、これは泥棒の仕業である。泥棒が墓地をあばき、屍《しかばね》から財物をかすめとって、屍は川へ捨てたのだろう。

だが、それから毎日のようにライネ川から白骨や頭蓋骨があがるので、右のような〝平和〟な解釈は成り立たなくなった。そこで警察はライネ川を浚《さら》ってみることにした。浚《しゅん》渫《せつ》の日、ライネ川の川岸には四千人の人出があった。その四千人の目の前であがった人骨は五百片。検査の結果、いずれも若い男性の骨であることが判明した。

担当捜査官はレーッという警部だったが、彼はさっそく市の中心部帝室劇場の裏手の、セレル街二七番地のハールマン精肉店へ向い、主人のハールマンを殺人容疑で逮捕した。人骨五百片を見ただけで、なぜレーッ警部は肉屋の親父《おやじ》が真犯人であるとわかったのだろうか。じつはこのレーッ警部こそ「ハノーバー市のシャーロック・ホームズ」と綽名《あだな》されていた名刑事で……、などというのであれば話はいっそうおもしろくなるのであるが、そうではない。そのときすでに「ハールマンは人肉を売っているのではないか」という密告がハノーバー警察に合計一一五回もたらされていたが、その密告のなかに、

「ハールマンは二日に一人の割合で、少年や青年を店の二階に連れ込んで、なにやら怪しい振舞いを連れ込んだ者にたいしてしている。しかも連れ込まれた者は二度と店から出て

こない」

　という、ハールマン精肉店の隣で八百屋をやっているゼーマン夫人のものがあったのを思い出し、レーツ警部は「やっぱり」と思いながらこの肉屋へ駆けつけたのだった。

　レーツ警部が二階の寝室へ飛び込んだとき、ハールマンは全裸でベッドに横臥《おうが》していた。ハールマンの横には、同じく全裸のユダヤ人少年が寝ていた。暖炉の薪《まき》の上に新聞紙に包んだものが乗っかっていた。あけてみると、中身は少年の生首だった。レーツ警部はその場に二分間ほど失神していた。部下を連れて行ったからよかったものの、そうでなければハールマンに逃げられていたかもしれない。

「この生首を支えていた胴体や足はどうしたのだ」

　部下の浴せた冷水によって我にかえったレーツ警部が訊《き》くとハールマンは、

「店のショーケースに『豚のコマギレ』という札をつけて鎮座しておりますア」

　と答えた。

　店に降りてみると、たしかになんとなく白っぽい肉がバケツに盛られてショーケースのなかに飾ってあった。レーツ警部は二階へ引き返し、

「着衣類はどこへやったのだ」

　と問うた。答はこうだった。

「古着屋ですよ。決まってるでしょうが」

翌日からすべての新聞がこの事件を第一面に掲げた。ハールマンの好物はなにか。好きな色は。好きな小唄は。この男のことならどんなことでも記事になった。それらの記事を継ぎ合せてハールマンの前歴をまとめると、こうなる。

フリッツ・ハールマンは一八七九年十月二十五日、ハノーバー市に生れた。父親は汽車の火夫だった。兄姉が六人いた。母親は末っ子の、この未来の殺人犯を溺愛《できあい》した。その母親を父親が虐待した。そこでフリッツは父親を憎んだ。十七歳のとき、父子《おやこ》は取っ組合いの喧嘩《けんか》をした。父親は息子に投げ飛ばされた。それが口惜しくて父親は渾身《こんしん》の力で息子の股間を右足で蹴上げた。いやな音がしてフリッツの睾丸《こうがん》が潰《つぶ》れた。フリッツは三ヶ月ほど病院に入って出てきたが、詫《わ》びようと思って迎えに行った父親に色目を使った。病院では看護婦に全く興味を示さず、そのかわり医師の後を追っかけていたということだった。なお、梅毒にかかったのは父親と喧嘩する前だったらしい。

一八九六年から一九〇四年まで、フリッツ・ハールマンはもっぱら詐欺師として世渡りした。副業として、窃盗、強盗、強姦《ごうかん》もやった。強姦の相手は常に少年だった。また窃盗や強盗に入る先もいつも決まっていた。例外なくユダヤ人の古着商を狙《ねら》った。彼の開発した詐欺の手口をひとつ書きつけておこう。朝、新聞の死亡広告を読む。朝食後、小型の消毒器械を担いで不幸のあった家を訪ねる。「私はハノーバー市役所の消毒係官です。これより市条令の定めるところにより、室内の消毒を行います。十分間ほど戸外に出ていただきます。なあにすぐすみます」といって家族を追い出し、金目のものをくすね、申し訳け程度にシュシュシュと消毒器械を使ってドロンと消える。

一九〇五年から一九一八年まで、フリッツ・ハールマンはリューネブルク、レンドスブルク、ラビッチュなどの刑務所を転々としてすごした。これは幸運であった。というのはおかげで彼は第一次大戦を知らずに、刑務所で女王然として暮すことができたからである。刑務所を出たフリッツは、刑務所内でつけた縁故《こね》をたよってベルリンへ行き、寄席芸人になった。女装して舞台に出て流行歌に合せてストリップしお客をじらす《ティーズ》、というのが持ち芸だった。がしかしすでに年齢《とし》は三十九、お客は拍手のかわりに欠伸《あくび》をした。刑務所では圧倒的に受けたのに、娑婆《しゃば》ではさっぱりである。ユダヤ人の小屋主に三日で叩き出されてしまった。フリッツはハノーバー市へ帰ることに決めた。——

ところでハノーバー駅におりたフリッツはかなりの大金を懐中にしていた。この金をどこでどのような手段で手に入れたのかは不明である。ある新聞がフリッツの弁護士に金を握らせ、このときの大金をどうやって入手したのか訊《たず》ねさせた。弁護士が得た答は、

「こればかりは申せませんな。なぜなら、わたしのような大物にはどこか一個所、神秘のヴェールにかくされたところがなきゃいけませんからね」

というものであった。

その金でフリッツはすぐに小さな肉屋を手に入れた。このころのドイツはすべての物資が払底していた。野菜すら碌《ろく》に口に入らない、ましてや牛肉や豚肉は宝石なみの貴重品である。ところが、フリッツ・ハールマンの店にはちゃんと肉が飾られている。繁昌しないわけはなかった。警察が怪しみ内偵をはじめたが、フリッツは逆に、自分をスパイにしてくれませんかと警察に売り込んだ。

当時、ハノーバー市には、四千人の登録娼婦《しょうふ》と三千人の密売女と五百人の男娼、そしてさらに百二十名の共産主義者（それも極左の「スパルタカス団」の団員）がいた。一方、ハノーバー警察の風紀係は十二名の巡査と刑事がいるだけだった。警察はフリッツの申し出を呑み、彼の店になぜ肉が豊富なのかについては不問に付すことにした。一一五件の密告があったのに、警察がハールマン精肉店を調べようとしなかったのはここに理由がある。フリッツ・ハールマンは殆《ほとん》ど警察官と同じだったのだ。

彼の牧場はハノーバー市の中央停車場だった。そのころただひとつ健全な通貨は英ポンドだったが、汽車で八時間で行けるケルン市に英国駐留軍がおり、そのせいでケルン市とこのハノーバー市には英ポンドが流通していた。それを目当に人が集まってきた。戦前は人口四十五万だったのが、一九一八年の暮には六十五万に脹《ふく》れ上っていたのをみてもそれはわかる。この活気は浮浪児や家出少年や不良少年を引き寄せた。ハノーバー市で最もはやっている肉屋の親方にして最も優秀なスパイであるフリッツ・ハールマンは毎夜、この中央停車場に現われ、主としてユダヤ系の少年をあさった。そのときの台詞《せりふ》はきまっていた。

「きみ、お腹を空《す》かせているようだね。よろしい、シャワーに食事に清潔なベッド、この三つをきみに進呈しよう」

裁判記録にはフリッツ・ハールマンの記憶していた犠牲者の名前が載っている。いずれも（前述した如く）一九二三年から二四年まで、ハールマン精肉店の店頭を飾った少年や青年たちである。

フリッツ・ローテ（学生）、フリッツ・フランケ（酒屋の小僧）、ウィルヘルム・シュルツ（失業中の事務見習）、ローランド・フック（学者の三男坊）、ハンス・ゾンネンフェルド（商人の息子）、エルンスト・エーレンベルグ（生徒）、ハインリッヒ・シュトルス（給仕）、パウル・ブロニシェフスキイ（浮浪児）、リヒアルト・グレーフ（給仕）、ウィルヘルム・エルトナー（浮浪児）、ヘルマン・ウォルフ（浮浪児）、ハインツ・ブリンクマン

(生徒)、アドルフ・ハナッペル(大工見習)、アドルフ・ヘニス(工員見習)、エルンスト・シュピッケル(錠前屋店員)、ハインリッヒ・コッホ(浮浪児)、ウィリー・ゼンガー(ちんぴら)、ヘルマン・シュバイヘルト(電気工見習)、アルフレッド・ホーグレッフ(家出少年)、ヘルマン・ボッグ(かっぱらい)、ウィルヘルム・アペル(給仕)、ロベルト・ウィッツェル(浮浪児)、フリードリッヒ・アベリング(生徒)、ハインツ・マルチン(船員見習)、フリッツ・ウィッチヒ(浮浪者)、フリードリッヒ・コッホ(工員見習)、エーリッヒ・デフリース(パン職人見習)……。

すべてユダヤ人だった。なぜフリッツ・ハールマンはユダヤ人の名前ばかりあげたのか。「これだけの人数を殺《や》ったのだ。この裁判所の検事たちがいかにボンクラでもわたしを死刑にできるだろう」と大見得を切ったものの、彼はやはり死刑がこわかった。それで弁護士の入智恵《いれぢえ》もあってユダヤ人だけを列挙したのである。ユダヤ人なら何人殺したところで死刑にはなるまい、という計算を立てたらしいのだ。——が、この計算は外れて、彼は一九二五年一月、斬首刑に処せられた。

そのとき、すでにランツベルク監獄を出ていたチョビひげの小男はケールシュタインの山腹の山荘で『わが闘争』の第二巻を口述しながら裏切り者のレーム大尉をどう始末しようかと思案していた。この小男がフリッツ・ハールマンのはるか上を行くユダヤ人大虐殺を行う日は、そう遠くはない。肉屋の親方フリッツ・ハールマンのために減刑嘆願運動が起されたことからも知れるように人びとの間には〝素地〟がある。この小男は大虐殺を容易に実行できるだろう。

なお、ドイツ共産党の中心メンバーだったスパルタカス団のローザ・ルクセンブルグが政府義勇軍によって惨殺されたのは、この六年前のことであるが、大衆の自発性をかたく信じていた彼女がこの大量殺人犯に対するハノーバー市の大衆の減刑嘆願運動を見ないですんだのは不幸中の幸いであったといえるかもしれぬ。

入婿連続殺人事件

大正十二年（一九二三）十二月の虎の門事件によって、警備責任者だった警視庁警務部長の正力《しょうりき》松太郎が懲戒免官された。がしかしこのことが読売新聞を今日あらしめる基となったのだから世の中はおもしろい。当時の読売新聞は郷《ごう》誠之助・中島久万吉《くまきち》・藤原銀次郎らの匿名組合の所有だったが、極度の経営不振で青息吐息、だれかがフーッと息を吹きかければがたがたと崩れてしまいそうな状態であった。よほどの上手に任せないとこの新聞は潰《つぶ》れてしまうと考えて適当な経営者を物色していた郷らは、浪人となった正力松太郎に白羽の矢を立てた。免官の一ヶ月後、正力は後藤新平から用立ててもらった十万円をふところに読売新聞に乗り込むが、そのとき彼は立直し策として「犯罪新聞となれ」「スポーツ新聞となれ」「販売網を強化せよ」の三つを後藤新平から授かっていたといわれる。大衆は犯罪とスポーツを好むものだという後藤新平のこの指摘は、以後の正力の事業の起点となる。読売ジャイアンツの（ということはプロ野球の）創設、日本テレビ放送網株式会社の設立などすべて後藤新平の教えを拳拳服膺《けんけんふくよう》したことに拠っていると思われるが、スポーツ、犯罪、テレビ（これはスポーツと犯罪を二大栄養源としている。疑うものは野球中継と「ウィークエンダー」をみよ）の共通点はなにか。それはスターの製造だろう。犯罪者をスターと美称することに抵抗を感じられる読者もおいでだろうと思うので、ひとつだけスターと犯罪者との共通点を挙げておく。大スターは国家から賞が与えられる（たとえば王貞治の国民栄誉賞）が、大犯罪者にも国家から刑罰が与えられるのだ。

さて、今回のこの調書のスターは、日本女性である。名前を富山ケウといい、スターに登録されたときは和歌山県有田郡湯浅町の海産物商の後妻で四十四歳だった。

大正十五年九月八日といえば、上野松坂屋が下足預りを廃止し、店内土足を実施した日として一部の人に知られているが、この日、和歌山県の湯浅町の警察署へ次の如《ごと》き匿名の投書が舞い込んだ。

「二年前の大正十三年八月二十三日の夜半、県下海草《かいそう》郡椒《はじかみ》村大字椒浜の北野クマヘ方表座敷で、主人クマへと、その実姉の富山ケウなどが共謀して、クマへの婿養子北野直次郎を絞殺し、死体を近くの蜜柑《みかん》畑に埋めた。厳重に捜査すれば直ぐに検挙できよう。急げ」

ところが奇体なことに、あくる日になって今度は、

「前の投書は北野家に恨みを持つ人間に頼まれてやったことで、全部ウソ、でたらめである。軽々しく捜査に着手せぬようにしてもらいたい」

という投書があった。二通とも同じ筆蹟《ひっせき》である。「急げ」といったり「軽々しく捜査に

着手してはいかん」といったり、まあなんて勝手なやつだろう、と湯浅署の署長が腹を立てた。この投書の主を探し出してお灸《きゅう》を据えてやろう。署長は「投書者は椒村の人間にちがいない」と見当をつけ、村へ私服の巡査を派遣することにした。

椒村は有田みかんの産地で、またいたるところに除虫菊の生えている海辺の村だった。当時、和歌山県は日本全国で使用する蚊取線香の八割以上を生産していたが、その原料は除虫菊、それで椒村も除虫菊だらけだったのである。私服巡査はこの一見平和な村に数日滞在し、駐在巡査の協力を得て次の事実をたしかめた。

①北野家は椒村でも指折りの資産家で、蜜柑畑は約一町歩。資産は一万円以上。
②この北野家にはケウ（四十四歳）とクマヘ（三十八歳）の二人の娘がいる。
③ケウもクマヘも娘時代は相当な尻軽《しりがる》で、男出入の激しいことは評判であった。
④ケウは二十五歳のときに有田郡湯浅町の海産物商富山藤三郎方へ嫁いだ。
⑤クマヘは北野家に残ってこれまで二度、婿をとっている。最初の婿は、那賀《なが》郡細野村出身の久保新右衛門で、五年前の大正八年八月に入婿したが、二年後に家出をし、現在は行方不明となっている。
次の婿が問題の北野直次郎で、西牟婁《にしむろ》郡新庄村の農家の次男坊。海軍から帰って来て

ぶらぶらしていたが、クマへの最初の亭主である新右衛門と知り合って、いっしょに襖《ふすま》の貼紙の販売店をはじめた。そして新右衛門失踪《しっそう》後、クマへとねんごろになり、二番目の亭主となった。

⑥姉のケウは実家の北野家へ月に数回は遊びに来ているようである。

⑦ところで、問題の北野直次郎は二年前から北野家を出てしまっている……。

報告を受けた署長は、投書の主をつきとめることのできなかった私服巡査を叱《しか》りつけたが、同時に、北野家の二人の婿がどちらも「失踪中である」というところに興味を持った。つまり「くさい」と思ったのである。署長は正式な捜査員を北野家へさしむけ、

「お婿さんの直次郎さんはいまどちらにおいでです。奥さんのあなたになにか連絡はあるでしょう」

とクマへに問わせた。するとクマへは、

「朝鮮に行っているようですよ」

と答え、一通の封書を捜査員に差し出した。裏を返すと「大阪市西区港町駅前米屋旅館にて。北野直次郎」と書いてあった。消印は〔大正十四年七月二十五日〕である。そして文面はこうだ。

おまえのところを出て一年間、あっちこっちで働いたがどうしても金ができない。このままではおめおめと帰れない。面目ない故、これから朝鮮の方へ逃げて行くつもりでいる。二千円稼いだら、さっそく椒村へ帰るつもりだが、正直のところ、それがいつになるかはわからない。そういうわけだから、おまえもいい人がいたら婿をとりなさい。では、さらばだ。

クマへが目を涙でうるませながら捜査官に語ったところでは、直次郎は襖の貼紙の販売をもっと大規模にやろうとして、北野家の田地を抵当に高利貸からこっそり千円借りた、がしかし、これがうまく行かず、そのうち借金は二千円にふくれあがってしまった。それで夫の直次郎は此処《ここ》を逃げ出したのだ、という。

「わたしは姉のケウから二千円借りて借金を払いました。手紙にある『二千円』とはそのことなんです。でも、そんなことを気にしないで帰ってきてくれればいいのに。この二年間、わたしは後家同様の暮し。夜になると身体《からだ》が火照《ほて》って気が狂いそうです」

クマへは袖で目頭を拭《ぬぐ》い、そのついでに立膝《たてひざ》になった。そのとき、クマへの白い大腿部《だいたいぶ》があらわれて、捜査員はくらくらとなったそうだ。

捜査員はその足で西牟婁郡新庄村の直次郎の実家をたずねた。実家へも直次郎から葉書が届いていた。消印はやはり〔大正十四年七月二十五日〕だった。

北野家に対して洵《まこと》に済まぬ事をした為に居る事が出来なくなった。朝鮮の方へ逃げて行く。大阪市西区港町駅前米屋旅館にて。直次郎。

捜査員は老父から直次郎の写真を借り受けて大阪へ向い、米屋旅館の宿帳を調べた。たしかに前年の大正十四年七月二十三日から三日間、北野直次郎が投宿していた。が、直次郎の写真を示すと、主人も女中も口を揃《そろ》えて、

「これは直次郎さんではない。うちに泊っていた直次郎さんはもっと若い上に、きりりとした男前の方でした」

と証言した。

この報告を受けた湯浅町の警察署長は、直ちに署内に捜査本部を設けた。だれかが北野直次郎になり澄して米屋旅館に投宿し、そこから婿入り先と実家へ「朝鮮に行く」という便りを出している。この細工は北野直次郎の行く先が朝鮮ではないことを証拠立てるものである。彼の行った先は多分、黄泉《よみ》の国だろう。署長はそう睨《にら》んだのだった。

だが、北野家は土地の素封家であるから、うかつに手は出せない。捜査本部はしばらく仮装大会の楽屋の如き有様を呈した。捜査員たちは捜査本部で物売りや旅人に変装し、椒村へ聞込みに出かけることが毎日のようにつづいたからである。

十一月二十九日、椒村の北野家へクマへの姉のケウが里帰りしてきた。実家で一泊するのかと思っていたらそうではなかった。夕方になるや帰り支度をはじめた。たまたまそのとき、北野家の縁側で茶を喫していた捜査員（彼は富山の薬売りに化けていた）は、妹のクマへが姉のケウに、

「寺松網五郎を婿にしろだって？　あたしはもういやだよ。いつだって姉さんのお下りばかりじゃないか。あたしは愛次郎がいい」

と抗弁しているのを聞いた。

「愛次郎って、あの箕島《みのしま》の古物商の永野愛次郎のことかい。だめだめ」

縁先にいるのが警官とは知らず、ケウが大声でクマへを叱りつけた。

「おまえより十歳も若いんだよ、あの愛次郎は。それに愛次郎は利口すぎる。利口すぎる婿なんて碌《ろく》なことがないよ。きっとこの北野家の身代をうまいことごまかして遊びに使っちまうよ。網五郎におし」

富山の薬売りじつは捜査員は、北野家から湯浅町へ帰るというケウのあとについてぶら

ぶら歩いて行った。どうせ自分も湯浅署へ引き揚げるところ、そのついでに尾行の真似事《まねごと》を、と捜査員は考えたのであるが、その夜、捜査員は湯浅署へ帰ることができなくなってしまった。というのはケウが途中で箕島のさる旅館に投宿したからだ。旅館では、ひとりの男がケウを待っていた。旅館の主人に身分を打ち明け、ケウの部屋の隣に陣取り、捜査員は聞き耳をたてた。ケウは男のことを「網五郎」と呼び捨てにし、睦言《むつごと》の合い間にやがてこんなことをいった。

「永野愛次郎を近々のうちに殺《や》ってしまいよ。あいつ、妹のクマへに手を出しているんだよ。そうなったらあたしたちの謀《はか》り事は、全部おじゃんになっちまうよ」

「おれもあの野郎は気に入らねえと思っていたところだ」

網五郎と呼ばれた男が答えた。

「小利口なところがいちいち気にさわるのよ。それに野郎は直次郎を殺《や》ったときの仲間だ。あのときの仲間がひとりでも減りゃあこっちはその分、安心できる。あいつもおれも古物商だし、一緒に旅をすることもある。よし、旅先であの野郎を始末してやろう」

ケウと網五郎は朝まで五回交わった。

あくる日の夕刻、別の捜査員が有田郡石垣村の寺松網五郎の家に踏み込み、家宅捜索を行った。青色の十行罫紙《けいし》が机の上にのっていた。大阪市西区港町駅前の米屋旅館から〝偽《にせ》の北野直次郎〟が北野クマへに宛《あ》てて出した手紙の便箋《びんせん》と、それは同じものだった。つまり、これで〝偽の北野直次郎〟が寺松網五郎だと立証されたわけである。

網五郎は欠伸《あくび》を連発しながら（なにしろ前夜は激しかったので……）、こう白状した。

「ケウは富山家に後妻に入ったのだが、どうしても子どもが生れない。いまの旦那が生きているうちはいいのだが、やがて旦那が死んでしまえば、先妻の子に富山家を叩き出されるに決まっている。そうなる前にケウは富山家から飛び出して、実家へ戻り、この網五郎と添い直そうと考えていたのだ。クマへさんは妹だから追い出せばいい。そしておれと二人で実家の身上を守って行く……。こういうことになっていたのでして。え？　直次郎ですか。あいつは金づかいが荒くてね、おれとケウが乗り込む前に北野家を潰しかねないので、殺《や》っちゃいました。たしか二年前の大正十三年八月二十三日の夜でしたか、ビールで酔わせて、正体もなく寝込んだところを、ケウとおれとそれから永野愛次郎ってやつと三人で綱引きの要領で首をしめたんですよ。クマへさんはさすがにわが夫をしめるのには加わりたくなかったとみえて、隣室でビールを飲んでいましたなあ。永野愛次郎？　へえ、クマへさんの情夫《いろ》ですよ。直次郎の死体は北野家の近くの蜜柑畑に埋めました」

そんなに簡単に人を殺してなんとも感じないのか、という捜査官の問いに網五郎は、

「直次郎も一人殺《や》っているんですよ」

と答えた。

「つまり直次郎の野郎は人殺しなんだ。だからおれは罰を加えてやった。というのはこうなんですよ。クマへさんの最初の亭主の新右衛門が、これまた遊び好きな男だった。放っておくと北野家が潰れてしまう。ケウがそう心配しやしてね、そのころ自分の情夫《いろ》だった直次郎に殺させたんですよ。死体はやっぱり蜜柑畑に埋めたらしい。で、ケウは自分の情夫を妹の亭主としてくれてやったわけ。……以上は、ケウが寝物語にしてくれたことです。え？ ケウがクマへさんにおれを三人目の婿にしろとすすめていた？ 畜生、そいつは知らなかった。あのアマ……」

その夜のうちに富山ケウと北野クマへの姉妹と永野愛次郎が逮捕された。だが、網五郎と愛次郎の二人がケウと協力して埋めたはずの場所に直次郎の死体はなかった。新右衛門の死体も蜜柑畑のどこからも発見されなかった。死体がなくては話は振り出しに戻ってしまう故、捜査員たちは真ッ蒼《まさお》になった。が、北野家の作男がふとあることを思い出した。

「去年の秋のことでございますが、ケウさんが除虫菊畑を掘っていなさいましたよ。それも徹夜で、でございます」

つまりケウは後日、共犯者たちの口から連続殺人の事実の漏《も》れることがあった場合、あくまでもこれを否認するために証拠を滅失させる必要があると考え、ひとりでふたつの死体を香の強い除虫菊畑へ移し換えたのだった。

あくる年、すなわち昭和二年の夏、富山ケウは死刑になった。クマへと寺松網五郎は無期懲役、また永野愛次郎は懲役十年の宣告を受けた。そして読売新聞はこうした負性のスターたちの活躍を華々しく取り上げることによって、経営難からすこしずつ立直っていった。いまでもこの伝統は生きていて、犯罪記事は断然、読売がおもしろい。

ドルース＝ポートランド株式会社事件

ロンドンのベーカー街といえば、シャーロック・ホームズが、一八八〇年代のはじめから一九〇三年まで、例の華々しい探偵生活をすごした下宿のあったことであまりにも有名な通りだが、コナン・ドイルがこの通りにホームズを住まわせる三十年以上も前の一八四八年、ベーカー街の東側通りの最南端、すなわち一番地に、トーマス＝チャールズ・ドルースという男が「ドルース家具商会」を創立した。トーマス＝チャールズについて知られていることはすくない。「ドルース家具商会」を設立するときすでにたいそうな大金持であったこと、商売が上手であったこと、ハーバートという実子と、アンナ＝マリアという女の子の貰《もら》い子を連れてベーカー街へやってきたこと、一八六四年に皮膚病で死ぬまで、この「ドルース家具商会」に親戚《しんせき》がひとりも訪ねてはこなかったことなどが知られているにすぎない。

創立者のトーマス＝チャールズの死後は、ハーバートが店を継いだ。ハーバートの商才も父に劣らぬものがあり、やがて「ドルース家具商会」はロンドンでも指折りの家具店となった。

ところが一八九八年、創立者の義理の娘のアンナ＝マリアが大法官に対して、「ハイゲート墓地の地下納骨所におさめてある、三十四年前に死んだ父トーマス＝チャールズの棺《ひつぎ》を調べてもらいたい」という請願書を提出した。なぜ、いまさら故人の墓をあばこうというのか。アンナ＝マリアは次のように言い立てた。

「父は一八六四年には死んでいない。だから納骨所に安置された故人の棺の中は空っぽである。棺を担いだ人間たちをだますための鉛の塊が入っているだけだと思う」

こうして「新聞の第三面を史上でもっとも長いあいだ埋めた奇怪な事件」（ロンドン・タイムス）はスタートした。

「父上は一八六四年に死んでいないとおっしゃるが、では父上はドルース氏をやめたあとどうなさったのですか」

新聞記者の、このような質問に、アンナ＝マリアは、

「父はもともと第五代ポートランド公爵ベンティンク卿だったのです」

と答え、記者たちを仰天させた。

「ベンティンク卿がおしのびでやっていた仕事がドルース家具商会だったんです。さきごろベンティンク卿がお亡くなりになったので、わたし、やっと真実をお話する決心がつき

ました」

第一代公爵は、フランス国王ルイ十四世の生涯にわたる好敵手であったウィリアム三世のこの上ない輔佐《ほさ》役だった。第三代公爵は二度にわたって英国首相をつとめた。そして公爵家はいまや十八万エーカーの土地を所有する大地主で、その土地だけで千六百万ポンド、七千万ドルの資産があるといわれている。第五代公爵には妻子がなかったので、国王に次いで英国で二番目に広い公爵領は従弟《いとこ》の継ぐところとなっているが、もしアンナ＝マリアのことばに嘘《うそ》がなければ、ドルース、すなわちポートランド公爵の長女である彼女は、この途方もない財産を、ハーバートと共に引き継ぐことになる。英国中が蜂《はち》の巣を突っついたような騒ぎになった。

アンナ＝マリアは新聞社に二枚一組の写真を配って歩いた。一枚は第五代公爵の顔写真、もう一枚はドルース氏の上半身写真である。二人はよく似ていた。似ていたというより、公爵が髯《ひげ》を剃ればドルース氏そっくりだった。もうひとつアンナ＝マリアに有利だったのは第五代公爵が稀代《きたい》の変人だったことである。公爵は一生をシャーウッドの森のまんなかにある城で世捨人として送った。宮廷へも出仕しない。実務の処理はすべて代理人に行わせた。彼の服装の珍奇なことはだれひとり知らぬ者がなかった。高さ六〇糎《センチ》もある巨大なシルクハットを常用していた。その上、夏でも外套《がいとう》を三枚重ねて着込んでいた。さらにズボンの裾《すそ》をいつも長い紐《ひも》でぐるぐる巻きにしていた。伝染病が怖いといってお金というものを一生いじろうとしなかった。町に出るときには、窓のない霊柩車《れいきゅうしゃ》のような馬車を走らせ、召使には直接《じか》に口をきこうとしなかった。いつも彼は書いたもので使用人たちに命令をくだした。がしかしもっとも奇怪なのは、公爵の地下にもぐる性癖だった。十七年の歳月と延べ三十万人の職人たちの協力を得て、彼はシャーウッドの森の土の下にひとつの都市を建設した。五十本の大理石の柱に支えられ、一万二千個のランプを水晶の天井からぶらさげた奥行五〇米《メートル》、幅三〇米の舞踏ホール。天井に水晶を嵌《は》め込むだけで十年かかったといわれる。また、チャールズ一世が処刑される朝、身につけていた真珠の首飾りなどをはじめとする、英国史を彩る貴重な品々を陳列した博物館もあった。ストラディヴァリウスを四丁も備えた音楽室とこの博物館とを繋《つな》ぐ廊下は画廊をも兼ねており、ホルバイン父子《おやこ》やヴァン＝ダイクやルーベンスなどの傑作が無造作に架けられていた。さらに五棟の厩《うまや》を備えた地下の馬場は百頭の馬をいっぺんに走らせることができた。そしてこの地下都市は通路の長さだけでも一五哩《マイル》もあった！

公爵の、この地下に潜る癖が頭を擡《もた》げだしたのは一八四八年からであるが、この年はトーマス＝チャールズ・ドルースという男がベーカー街へふらりと姿を現わした年でもある。

「つまり、父の地下都市はこの一人二役をカモフラージュする手段だったのです」

アンナ＝マリアは新聞記者たちに告げた。

「地下都市の通路がどこかとんでもないところに出口をあけている。公爵は、そのとんでもない出口からドルースの扮装で地上に現われ、ベーカー街の店で働き、週末になると地下通路をくぐって城に戻り、公爵として生活する。父は、こうやって一人二役の二重生活を送っていたんです」

しかし公爵はなぜ一人二役の二重生活を志したのか。ある新聞記者は公爵家の召使たちの重い口を金で開かせ、

「公爵には弟がいたが、この弟君ジョン卿は一八四八年に怪死している。このことが、公爵をこの奇癖に踏み切らせたのではないか」

と書いた。

「ひょっとしたら弟君のジョン卿を死に至らしめたのは公爵ではあるまいか。弟殺し！　このことで公爵は自分を責め、世捨人となったのだ」

当の公爵はすでに鬼籍に入っている。これらの噂《うわさ》の真偽をたしかめる手立てはなかった。

ところで二代目ハーバート・ドルースはこの騒ぎにどう処したか。奇妙なことにこの男は、

「なんの理由であれ、父の墓をあばくことは許されない。それは死者に対する重大な冒瀆《ぼうとく》

行為である」

という請願を裁判所に提出した。裁判所はハーバートを支持した。

間もなくアンナ＝マリアは脳溢血《のういっけつ》で死んだ。興奮しすぎたのがいけなかったのだといわれているが、小説とちがって女主人公が死んでも現実の方は終らない。それどころか、信じられないような新しい主役を、現実は用意する。オーストラリアからロンドンへ、ジョージ・ホランビー・ドルースという男がやってきて、

「自分もまたドルース氏の、ということはポートランド公爵の実子である。当然の権利としてわたしは公爵領を要求する」

いくつかの証拠、何人かの証人を揃《そろ》えて名乗り出たのだった。

同時にジョージ・ホランビーは「父の墓を開く訴訟を起す決心である」と宣言し、世界史にのこる大胆な企業をはじめた。

「わたしは公爵領の正当な後継ぎである。ただそのことを証明するためには訴訟を起さなければならない。そこで訴訟に要する費用を集める『ドルース＝ポートランド株式会社』を設立し、わたしが公爵領を入手した場合には、その領地から得る数百万ポンドの収益から、一ポンドの投資額に対し六十四ポンド支払う株式を発行する。つまり、あなたの一ポンドは六四〇〇パーセントの配当をうけるのである。奮《ふる》って応募ねがいたい」

たちまちのうちにドルース＝ポートランド会社の金庫は札束ではちきれそうになった。こうなっては放っておけない。裁判所はハーバートに故ドルースの棺の蓋《ふた》を開くよう命令した。

アンナ＝マリアがドルース＝ポートランド公爵一人二役説を唱えてから九年たった一九〇七年十二月三十日、五千人の弥次馬の見守るなかで棺の蓋が開かれた。晒《さら》し粉《こ》のなかにベーカー街の家具商人トーマス＝チャールズ・ドルースの遺骸《いがい》が横たわっていた。一八六四年に埋められた棺のなかに屍《しかばね》があるのだから、一八七九年に死んだポートランド公爵と同一人であるわけはない。

アンナ＝マリアは妄想狂だったのだ。そして、おくれて舞台に登場しながらこの事件の主役となったジョージ・ホランビー・ドルースという男は詐欺罪で訴えられ、有罪の判決をうけて投獄された。

終ってみればまことに他愛のない詐欺事件だった。がしかし、筆者はこの事件の「一人二役」という骨組に興味がある。この時代の「空気」というものがひょっとしたら一人二役の思想に代表されるのではあるまいかと考えたからである。だからこそこの事件に人々は夢中になったのではないか。ドルース＝ポートランド会社の応募株を買い求めた人は全部で五万六千余人に達したというが、この五万六千余人を動かしたのは、射倖心《しゃこうしん》のほかに、この一人二役の思想だったのではないか。

傍証がある。たとえばこのころ、ひとびとはシャーロック・ホームズの活躍を熱狂して迎えていた。が、この世界にただ一人の民間諮問探偵は変装の天才だった。ホームズはロンドンの各方面に少くとも五つ以上の、小さな隠れ家を持っていて、なにかあるとそこへ飛び込み、『ブラック・ピーター』ではバジルという船長に、『ボヘミアの醜聞』では千鳥足の泥酔馬丁や独立教会派の牧師に、『四人の署名』では水夫や老いぼれ船長に、『マザリンの宝石』では老賭博師に、『緑柱石宝冠事件』では浮浪者に、『脅喝王ミルヴァートン』ではならず者の若い鉛管工に、『最後の事件』ではイタリア人の老神父に、『空家事件』では老いた蔵書家に、『フランシス・カーファクス姫の失踪』ではフランス人の労働者に、『唇のねじれた男』では阿片中毒患者に、そして『最後の挨拶』ではアイルランド系アメリカ人のスパイに化けている。

またほぼ同じ時代に五十一編のブラウン神父ものを書いたチェスタトンが駆使したトリックの最大のものは一人二役だった。チェスタトンのトリックの主流は一人二役である、ということについては前に『木曜の男』の解説を主婦の友社から頼まれたときにも書いたことがあるので繰返しになるけれども、江戸川乱歩に倣《なら》ってこの五十一編のトリックを分類し、そのベスト5をあげてみると、

①一人二役トリック　二四
②盲点トリック　七
③密室トリック　六
④早業殺人　四
⑤奇抜な死体の隠し方　三

これは先人の分類枠に従ったからこうなったのであって、筆者の枠をもってすれば、一人二役のトリックはさらに数をます。たとえば、犯人が捜査側を混乱させるために、被害者の死体に片足跳びや横転をやらせる話があるが（『とけない問題』）、これは死体の一人二役である。また盲点トリックのなかのいくつか、たとえば、もっとも詩人らしい風采《ふうさい》の男が詩人ではなく、詩人からいちばん遠い恰好《かっこう》をした男が詩人であった（『醜聞』）という話も、別の見方をすれば、二人の男が同時に一人二役を演じていたというトリックにほかならない。長篇の『木曜の男』にいたっては登場人物の大半が一人二役を演じており、以上を別にいえば、

「チェスタトンの作品を読み、その犯人の用いるトリックを言い当てるのはやさしい。な

にはともあれ『一人二役ではないかしらん』と呟《つぶや》いてみればよいのだ。こう呟くだけで当る確率は五割を超えるのだから」

というとになる。コナン・ドイルもチェスタトンも、このように一人二役が好きなのだ。ということは、十九世紀後半から今世紀初頭にかけて人びとは（とくに欧米の）、一人二役という考え方に意識下で相当に強く縛られており、ドイルやチェスタトンはこの時代の意識にならない意識を作品の上に具体化した、といえるだろう。そして犯罪者たちも敏感に嗅《か》ぎつけ、この事件のような一人二役を骨組にしたものを考え出したのだ。

傍証はまだある。この時代に、人びとに競って読まれた小説の多くは、この一人二役性をどこかに含んでいる。デュマの『巌窟王』（一八四八）、マーク・トゥエインの『乞食と王子』（一八八二）、スティーヴンスンの『ジーキル博士とハイド氏』（一八八六）などみな然《しか》りである。

一人二役の思想を、この時代の人びとがかくももてはやしたのは、「自分というものはかけがえのない存在である。そして、自分の隣にいる人間も同じことを考えている」という考え方が、そのときようやく常識の一部になりつつあったからではないかと思われる。「個」の確立といえばかっこがいい、民主主義思想といえばこれまた様子がいい。それはそれで歴史の前進だが、正直いって息が詰まる。その息抜きがこの一人二役だった。人びとには「個」の確立というご立派な思想をご破算にする遊び場が必要だったのであり、そして同時に「個」の確立なしには一人二役は成り立たない。かくてホンネとタテマエが一人二役の事件を、小説を必要としたのである。

松山城放火事件

一九三三（昭和八）年六月二十六日の午後、九州の福岡日々新聞社会部の記者たちは手分けをして「水の江滝子以下の強硬分子は馘首処分《かくしゅ》」という見出しの記事を書いていた。東京浅草松竹座の松竹少女歌劇のレビューガール百数十名が、数え年十九歳の水の江滝子を争議団委員長にストライキに入ったのは十四日前の六月十二日の夜だった。歌劇団の男子音楽部員二十九名の解雇と全員の減給が、彼女たちを怒らせたのだった。だが経営者側は老獪《ろうかい》な戦術をとった。委員長の水の江滝子と、副委員長格の津坂織枝とを離反させる作戦に出たのである。津坂織枝派は松竹側につき、水の江滝子派は孤立した。そしてこの日馘首処分になったのだった。松竹側でこのストライキ潰《つぶ》しの指揮をとったのは、ごく最近まで松竹社長および会長をつとめていた城戸四郎常務である。

記者たちがこの〈桃色争議〉の記事をほぼ書き終った頃、給仕が一通の封書を運んできた。デスクは茶を喫しながら中身に目を走らせていたが、そのうちぶるぶる震え出した。お茶がこぼれて桃色争議について書かれた原稿を濡《ぬ》らした。誤字の宛字《あてじ》の多い下手くそな文章で、そこには次のようなことが書きつけてあった。

コぅへじ（光永寺）、かとりきょ、キリスト、ガッコーウ、佐賀有田寺ガッコ、タケオ寺、佐賀市ガッコ、天野屋油屋、おなじバショのナヤもやいた。久留米市こんこん（金光）、天理教、おむた（大牟田）こんこん、すいてんぐのフダショを焼くなり。熊本竜禅院。をんせん。八代町《やつしろ》駅より一町先の寺をヤク前にアンパンを九ケくった。（中略）久留米市のほふおん寺に火をつけるまえ、クソたれた。高瀬のしょボタイ（消防隊）が一番おもしろかった。カジにタイコたたいてポンポをおしバハるのは（ポンプを押して走るのは）はじめてで、そばでかしをくて（傍で菓子を喰《く》って）みていたなり。私もまんそくしたから大阪にかいるさよなら。

この私をつかまいたら、去年四国の松山市、どうごのどうごホてるのヒがわかる。

デスクは桃色争議の記事を半分に削ってでも、この投書を紙面に載せたい、と思った。〈昨三二（昭和七）年九月から、数日前の六月二十三日まで、四国から九州にかけて連続二十六件の放火事件が起っているが、真犯人はこの投書の主にちがいない〉

デスクがピンときたのにはふたつの理由がある。この二十六件の連続放火事件の犯人はそれまで手がかりをふたつ残していた。そしてその手がかりは伏せられていた。警察と、新聞社の一部の人間しか知らない。にもかかわらずこの投書の主は、文中でそのふたつの手がかりに触れていた。これは真犯人でなければ書けない手紙である。

消印が熊本局のもので、六月二十四日の午後零時から四時迄《まで》の受付になっているのをたしかめると、デスクは警察に報告するために机上の電話をとった。投書を載せたい、しかし警察はその許可をくれないだろう――。

さて、投書の主はそれまでどのようなところへ火を放っていたか。以下にその詳細を記す。

①三二（昭和七）年九月十四日　道後温泉道後ホテル別館。（全焼）
②九月十五日　道後の禅宗の名刹《めいさつ》義安寺本堂。（全焼）
③十月十五日　高知市永国寺町の米人宣教師G・H・ブレーディ氏宅。（半焼）
④三三（昭和八）年一月二十一日　福岡県小倉市市田町金光教小倉教会所本館の賽銭箱が燃える。
⑤三月三十一日　久留米市の県社水天宮の境内の御守札授与所。（全焼）
⑥四月二十九日　熊本県八代駅西方約一町半の真宗専西寺本堂。（全焼）。このとき、餡《あん》パンの行商人から顔をみられている。「そいつは自転車に乗っていた。年齢は三十代

後半。小柄で小肥りの男だった」（餡パン行商人の証言）。なお、このとき、犯人は餡パンを九個たべた。が、この数は発表されなかった。また、なぜこの餡パン好きの男が犯人とわかったかというと、出火の一時間前、寺男が犯人らしい男を目撃しているが、人相着衣その他すべてが行商人の証言と一致したからだった。

⑦五月五日　福岡県大牟田市の金光教四つ山教会本館。（全焼。本館の他、人家四戸類焼）

⑧五月十一日　久留米市の金光教本館。（小火で消し止める）

⑨五月十四日　佐賀市水ケ江町の人家の物置小屋。（全焼）

⑩五月十五日　長崎市桶屋町の真宗光永寺本堂。（小火）

⑪同日　同市西中町カトリック教会。（全焼。民家に延焼し、十棟十七戸を焼く）。なお、このあたりで福岡日々新聞は「好んで教会や神社仏閣を狙《ねら》うところをみると、犯人は極端な宗教破壊思想の持主で、つまりアカだろう」と書いた。

⑫五月十八日　長崎市内の西坂小学校。（全焼）

⑬五月二十四日　長崎市バプティスト教会日曜学校。（小火）

⑭六月十二日　佐賀県西松浦郡有田町の禅宗桂雲寺の庫裏《くり》。（半焼）

⑮同日　⑭から一時間後、半里離れた外尾尋常小学校中校舎・南校舎。（全焼）。天皇と

皇后の真影焼失し、校長は責を負って辞職。
⑯六月十三日　佐賀県杵島《きしま》郡武雄《たけお》町の禅宗広福寺本堂。（全焼）
⑰六月十四日　佐賀市天理教大教会。（四棟全焼）
⑱六月十五日　佐賀市大財町の山崎嘉八所有の石油倉庫。（全焼）
⑲同日　⑱の三十分後、同市水ヶ江町の普請中の住宅。（全焼）
⑳六月十六日　同市高木町の循誘《じゅんゆう》小学校東校舎・中校舎。（全焼）
㉑六月十八日　久留米市天理教会教堂。（全焼）
㉒六月十九日　同市の真宗法雲寺本堂。（全焼）。現場に新しい脱糞《ほやほやのだっぷん》があった。検査の結果、蟹《かに》の殻と昆布とゴマの混入が確認された。これは法雲寺門前の飲食店終保《しゅうほ》金六方で、前日午後、食事をした客による脱糞と判明。その客は蟹の天婦羅、昆布入りのウドン、胡麻入りの稲荷寿司を食した。人相、背恰好《かっこう》など⑥の行商人、寺男の証言と一致。なお、犯人の脱糞行為については発表されなかった。
㉓六月二十三日　熊本県玉名郡弥富村の真言宗竜禅院本堂。（全焼）
投書の文面、筆蹟《ひっせき》を入念に調べた結果、警察はすこしがっかりした様子で、次のような発表を行った。

〈どうも犯人はアカではなさそうである。アカはおしなべて教育程度が高いのに、この投書の主の学力は小学校低学年以下のものだからだ。もっとも、アカが偽装して下手くそな文章を綴《つづ》ったとも考えられるが〉

警察が右の見解を発表した日の夜、犯人は大分県一の名刹に放火した。

㉔六月二十七日　大分県直入郡竹田町の真言宗光西寺。（全焼）。このときも犯人は近くの駄菓子屋で餡パンを九個平らげている。

㉕六月二十九日　別府名物雨晒《あまざら》し大仏境内の地獄極楽堂。（全焼）

㉖六月三十日　四国の宇和島市明倫小学校北・東・中・南の四校舎。（全焼）

七月四日、別府警察署長に宛てて犯人から投書があった。この投書は前日七月三日の午前八時から十二時までの間に大分県亀川局に投函されたもので、文面は、

大仏放火の事しらせる。大仏様に十銭出して見物致して、裏に出て見れば、大仏様がここ一日の雨にて、風ひきてお困りの事で、私もきのどくに思ひ、大仏様にとんぷくをのますよりたきびをなして、身体をぬくて（温めて）御上げ申したのである。大仏様が

これで風なをると笑って居た。このおん（恩）のカはりにおまへはこの世にてどんなあくじをなしても、死んでもジゴクへはやらんと笑ていた。大仏様に放火至（致）してから、別府市はひじょせん（非常線）をはったので、ひとまず四国宇和島に行てから、宇和島の城より方々をながめて、一番大きな学校見つけて放火至したのである。（以下略）

とあった。つまり犯人は雨晒し大仏に放火してすぐ愛媛県に渡り、宇和島で一仕事して別府に舞い戻り、署長に投書したわけだ。さらに犯人はまた折り返して四国へ渡る。そして、

㉗七月七日　八幡浜市新町の、六戸を連ねた長屋式二階建の大家屋。（半焼）

㉘七月九日　「天下の名城として近く国宝に指定さるべく約束づけられた松山城本丸の天守閣西方、小天守閣やぐら附近から、九日午前一時頃発火し（中略）午前三時半にはさしも堅固を誇った、海内無二の美観松山城も、大天守閣を残して、大半は焼け落ち、加藤嘉明の築城以来、三百年の歴史を誇った城廓も、哀れ残骸を石垣の上に止めるに至り、五時半漸く鎮火した」（七月十日付、東京朝日新聞）

㉙九月二十五日　和歌山市の天理教会支庁。（二棟全焼）

㉚同日　大阪府下堺市向陽町の天理教会支庁。（全焼）
㉛同日　同市の錦綾小学校東・西・北の三校舎。
㉜十月二日　兵庫県城崎《きのさき》郡豊岡町の豊岡尋常小学校東・西校舎。（全焼）
㉝十月八日　熊本県玉名郡八穂村地内の鹿児島本線の線路に材木を積み上げ、門司発八代行の旅客列車の脱線を計る。（機関車脱線、死者なし）

ここまで記した三十二件の放火と一件の列車妨害、すべて犯人が投書によって確認してきたものである。律儀といえば律儀な男である。九月下旬、長崎生れの山田一吉という男が大阪市内で捕まった。ゴミ箱に放火しようとしているところを巡回中の巡査に発見されたのだ。目撃者の証言と人相が似ている。大さわぎになった。が、このときも犯人は大阪毎日新聞社にあてて、律儀にも、次のような手紙を出している。

去年の道後ホテルに放火をはじめ、一年と二ヶ月になりました。私としてはまことにかいてん（開店）してからいまだばんけん（番犬）の手にかからんとは、じつにゆかいでたまりません。私も命のつづくかぎりはセいだいにやりますから、よろしくたのみます。（中略）毎日新聞みてをれば、放火人は長崎の山田一吉とかいてあるが、それはまっ

たく人ちがいである。もし大阪でその山田一吉たいほしても放火はたいない。（以下略）

事実、この投書につづいて㉜と㉝が起ったのである。だが、列車妨害の後、ぴたりと放火が熄《や》んだ。福岡日々にも、大阪毎日にも、投書の届かぬ日がつづいた。新聞にはふたたび水の江滝子の写真が載るようになった。城戸四郎は水の江滝子の復帰を許さず、津坂織枝を中心に据えたレビューを上演したが、ファンはこの処置に納得しなかった。あるターキーファンは松竹座の大ガラスに口紅で、

「松竹の犬のレビューは見たくない」

と落書した。城戸四郎はついに水の江滝子の復帰を認めざるを得なくなった。

二年余の月日がたった。もうだれもが放火魔を忘れていた。やつは死んだ、という声が多かった。やつはどこかで事故にでもあったのさ、ほれ、天罰テキメンというじゃないか。

だが、放火魔は死んではいなかったのである。三六（昭和十一）年四月下旬、福岡日々新聞に、あの懐しい金釘流の鉛筆書きで、

また放火はじめる。よろしくたのみます。

とだけ記した短い手紙が届いたのだ。そして、

㉞五月二日　鹿児島市西千石町の山下尋常小学校。（半焼）
㉟五月八日　熊本市の大同印刷株式会社。（小火）
㊱五月十日　熊本市昇町の金光教熊本教会。（小火）
㊲五月十二日　大牟田市の医師蓮尾啓太郎方浴室。（小火）

たちまち以前のような、忙しい放火活動を開始した。以前とちがうのは、現場に血膿の付着した紙片を残すようになったことだった。福岡日々新聞は、犯人をエルベ島を脱出して仏本土に上陸したときの大奈翁《ナポレオン》になぞらえた記事を載せて右翼からの抗議を受けた。

五月二十二日夜、四国宇和島市天神町、木賃宿大和屋へ、宿屋臨検隊の河野利市巡査部長がやって来、主人に、

「明日、高松宮様がこの宇和島へお立ち寄りになる。そこで全市の宿屋を臨検中だが、ここに挙動不審の者が泊ってはいないかね」

と訊《たず》ねた。さあ別に、と主人が首を傾げていると、宿帳を覗《のぞ》いていた巡査部長の顔色が変った。この二週間ほど、署内の掲示板に貼《は》り出してある放火犯人の金釘流と、じつによ

く似た筆蹟がそこにあったのだ。「和歌山県海草郡海草《かいそう》二七。行商人木村一郎。当三五年」

巡査部長は木村一郎という男の部屋を覗いてみた。男は足のただれ傷に薬を塗っているところだった。

こうして木村一郎は逮捕された。まことにあっけない幕切れだった。もっとあっけなかったのは放火の動機である（もっとも考えようによっては、含蓄に富んでいる、といえるかもしれぬが）。宇和島署の取調室で彼はこういった。

「昭和七年の一月頃だったと思います。別府市の千人風呂の横の、備後屋という商人宿で、私はある渡り大工からとても親切にしてもらいました。その大工がいつも口癖に『不景気で仕事がなくて困る。大きな建物が火事で焼けたら、仕事の口ができていいのだが』といっていました。それで寺や教会や学校に火をつけて歩いたのです。はあ？　二年間、放火をやめていた理由？　じつは列車妨害に失敗した後、那覇《なは》市へ行っておりまして。那覇市の呉服屋へ盗みに入って取っ捕まり、二年間、那覇刑務所でお世話になっていたのであります」

この稀代《きたい》の放火魔古川義雄（木村一郎は偽名だった。この男の生い立ちもなかなか興味深いものがあるが、紙数の都合で割愛するほかない）は、三九（昭和十四）年九月十五日、広島刑務所で絞首刑になった。浅草では津坂織枝がゼンソクでふるわず水の江滝子が人気の絶頂にあった。この年、水の江滝子はアメリカ興行をしている。

浴槽の花嫁殺人事件

文部省留学生夏目金之助は、ロンドンに到着して二週間目の一九〇〇（明治三十三）年十一月十一日の日録を、次の如《ごと》く記した。

《十一月十一日〔日〕Kenshington Museum ヲ見ル Victoria and Albert Museum ヲ見ル》

ちょうどこの日の午前、裁判官の住む高級郊外住宅地であるこのケンジントンの外れの高級下宿で、逮捕された二十九歳の男がいた。罪名は重婚罪であった。

漱石より五歳年下のこの男の本名をジョージ゠ヨゼフ・スミスと言い、ロンドン市の生れで、父は保険勧誘員だった。

重婚罪で逮捕されるまでのこの男の経歴を駆け足で追ってみよう。保険勧誘員の父親はほとんど家に居つかなかった。

「なにしろこの仕事は全国を歩きまわらなくてはならん。それも行く先々で知り合いを紹介してもらい、その足でその知り合いを訪ねる。そしてその知り合いのところでさらに新しい知り合いを紹介してもらい、おっとり刀でその新しい知り合いを訪問する……、この連続だ。今晩、帰ってくるかもしれんし、三ヶ月先まで帰ってこれないかもしれない。達者でな」

これが父親が家を出て行くときに少年の頭を撫《な》でながらいうおきまりの台詞《せりふ》だった。一方、父親を送り出すときの母親の台詞もまたきまっていた。

「ふん、うまいことといってるよ。どっかに女でも囲ってんだろ。女を囲うのは構わないが、あたしへの送金はきちんとしておくれよ」

保険、そして隠し女。このふたつはやがてこの少年のふたつの大きな武器になる。

九歳のとき、少年は近所の乾物屋から自転車を盗み、グレイヴズエンドの感化院に叩き込まれた。グレイヴズエンドはロンドン橋から四〇キロほどテームズ河を下ったところにある小さな都会である。テームズ河の水先案内人は、この町から船に乗り込み、船をロンドン港まで導いて行く。したがって案内人を待つ船が常に河岸に舫《もや》っており、船員たちのための酒と女が町中に溢《あふ》れていた。このような土地の感化院に入ったせいで、少年はすっかり船員に感化され、十八歳の春に女好き、酒好きの青年となってロンドンに戻ってきた。ロンドンは切裂きジャックの噂《うわさ》で持ち切りだった。

十九歳のときに窃盗で一週間収監され、二十歳の二月、自転車泥棒で六ヶ月の懲役をくった。六ヶ月の懲役を終えてロンドンに舞い戻ったジョージは以後の五年間、まともに暮していたようだ。すくなくとも警察の厄介にはなっていない。一説には「ノーサンプトンシャー連隊に入隊し、連隊旗手を勤めていた」(妻のカロラインにはこう語っている)といわれるし、また一説には「さる有名校の体操教師をしていた」(第二の妻の下宿のおかみにはこう語っている)ともいわれる。

一八九六年七月、二十五歳のとき、窃盗と故買で一年の懲役。刑務所を出ると、ロンドンの北一六〇キロの、イングランド中部のメリヤスの町レスター市へ行き、パン屋を開業した。このレスター市は伝説のリア王の居住地として知られた町である。

パン屋はうまく行かなかった。この若い店主がパン粉をこねまわすことより、若い娘たちの肌をこねまわすことに熱中したせいである。半年後、店主は女店員の友人のカロライン・ビアトリス・ソーンヒルと結婚した。このカロラインはいろんな意味で強力な女だった。まず、若いパン屋の店主の「只乗《ただの》り」を許さなかった。そして、動物的なその予知能力のおかげで、のちに「ジョージと結婚したにもかかわらず殺されずに済んだ珍しい女」という長ったらしいほめことばをもらうことになる。

ところでロンドン子のジョージがなぜレスターなどという田舎町でパン屋を開業したのだろうか。のちにジョージは法廷でこう述べている。

「ぼくが二十歳のとき、当時のロンドン県議会議長のローズベリー卿(一八四七〜一九二九)の談話を新聞で読む機会がありました。たしかそのとき卿はこう言っておられた。『ロンドンについて考えるたびにわたしは恐しくなる。テームズ河の岸に数百万もの人間が投げ出されているというぞっとするような事実。しかもその数百万は、おたがいに無関心で、おたがいを心にとめることなく、鼠《ねずみ》のように生きている。六十年前、彼の偉大《か》なるイギリス人ウィリアム・コベット（一七六三～一八三五。ジャーナリストから下院議員となり、急進派を率いて普通選挙法の獲得、勤労者の生活改善を主張し、またトウモロコシ栽培の促進運動を行った）は、このロンドンを瘤《こぶ》（wen）と呼んだ。もし六十年前に瘤であったならば、いまは何だろうか。それは地方からわれもわれもとロンドンに出てくる人たちの生命と血液と骨を、その胃のなかに飲みこんだ腫瘍《しゅよう》、象皮病である。ロンドンの人口をストップさせなければならない。ロンドンの人口を地方へ押し返さねばならない』。このローズベリー卿の談話は、わたしに強いショックを与えました。ぼくは自転車を盗んで地方へ行こうと思い立ちました。……もっともすぐ捕まって六ケ月の懲役になってしまいましたが」

なお、カロラインと結婚したとき、パン屋の若い主人は「ジョージ＝オリバー・ラヴ」と名乗っている。父はスコットランドヤードの刑事だ、とレスター市の市民には言いふらしていたらしい。

パン屋に失敗して三度三度のパンがたべられなくなったこの新婚夫婦は、ロンドンへ帰ってきた。そして、ジョージはカロラインをあっちこっちの店へ働きに出した。当時のロンドンの乾物屋や雑貨店は、前の勤め先の主人の書いた推薦状を持参しないとなかなか雇ってくれなかったというが、カロラインはどこでも断わられないですんだ。というのは彼女の夫が、レスター市ラヴパン店主人執筆の、

「……カロライン嬢は稀《まれ》にみる勤勉で正直な店員で、彼女のおかげで売上げが三割もふえたほどです。ロンドン市民と結婚して当店をやめることになったのは残念でなりません」

というような推薦文を、毎度持たせてくれたからだった。

だが、雇ってみると、最初の日でドロン、気がつくと来客用の銀の食器セットが消え失せている——。むろん、カロラインが持って消えたのだった。新妻が盗み出した品物を新郎が売り捌《さば》くことで、この新婚家庭の経済は成り立っていたわけである。

だが、この新郎は新妻が店に働きに出ている間、下宿でぼんやりしているような怠け者ではなかった。ケンジントンに未亡人の経営している高級下宿があるのを見つけて、そこの下宿人になった。

「スコットランドヤードの夜間勤務の刑事だ」

といって夜になると外出し、新婚家庭へ帰っていた。そしてやがてこの未亡人と夫婦になった。ここではジョージ・ベーカーと名乗っていたようである。

漱石がケンジントン美術館を見学した日にこの男が捕まったのは、カロラインと未亡人

とに同時に訴えられたからだった。

ドーバー海峡に面したヘイスチング刑務所で二年間暮し、ちょうど漱石が神経衰弱で日本へ帰った年に、ジョージ＝ヨゼフ・スミスも娑婆《しやば》へ戻ってきた。カロラインは「賢明にも」、彼を見捨ててカナダへ移住してしまっていた。

この年から一九〇八年までの六年間は、よくわかっていない。すくなくとも警察沙汰《ざた》になって『ポリス・ガゼット』（警察発行の公報のようなもの）に載るようなことはしていない。悪性腫瘍のようにたちの悪いロンドンの貧民街でひっそりと暮していたようだ。そして毎日のように大英博物館の、ホールを入ってすぐの大図書室で書物を読んだ。マルクスやギッシングにならって、この男も無料で、その上、暖房と照明とお湯は使い放題という「暖房などは夢のような贅沢《ぜいたく》で、明かりの費用さえ節約せねばならず、顔を洗う湯さえない安下宿に住む貧乏人にとってはありがたい限り」（小池滋『ロンドン』中公新書）の環境の中で美術書を片っぱしから読破した。

一九〇九年、三十八歳になったこの男は、イングランド南西部の、大西洋貿易の拠点である港町ブリストル市の場末に「骨董商ジョージ・スミス」という看板を掲げた。大英博物館で万巻の書を読み、陳列されている美術品を飽かずに眺めたのは、つまり骨董商になるためだったのだ。

この年、ジョージ・スミスは、ブリストルで隣家の娘エディス・メープル・ペグラーと、そして南部の港町サウザンプトンでサラ・フレミングと結婚した。サラにはジョージ・ローズと名乗った。

さらにあくる年、ジョージ・スミスはブリストルでビアトリス＝コンスタンス＝アンニー・ムンディという老嬢とも結婚した。ビアトリスは田舎銀行の頭取の娘だった。そこをこの青髭《あおひげ》が気に入ったらしい。

エディスの場合は普通の結婚だった。が、二番目のサラとの結婚は非常にあわただしいもので、アパートを借り、共に住み、サラの貯金三百ポンドを「ターナーの絵を買ってひと儲《もう》けするから、そのときまで用立ててくれないか」という口実をもうけて自分の預金通帳に移し、結婚して二週間のある午後、サラを伴って美術館に出かけ、「ちょっと用事を思い出した、きみはゆっくり見物していなさい」と言ってアパートに戻り、家財道具をすべて家具屋に叩き売り、ブリストル行きの汽車にとび乗ったのだった。サラという娘はどうも肉体的魅力に乏しかったらしい。もちろん、そのことが自分の命を救ったのだから、サラは自分の魅力のなさに感謝しなければならないだろう。

ビアトリスの方は結婚して三年後の一九一三年にロンドンで殺された。手口はこうである。まず、「おたがいの愛の深さをたしかめるために」と称して、互助遺言状を作成する。

ビアトリスに「わたしに万一のことがあったときは、わたしの財産二千五百ポンドを、夫に遺贈する」という遺言状を書かせ、自分も「万一のときは全財産を妻ビアトリスに贈る」としたためる。言うまでもなく彼は一文なしだが、妻の方は相当に感動する。そこへつけ込んで生命保険に加入させる。ビアトリスの場合は五百ポンドだった。

次に金物屋で二ポンドのブリキの浴槽を買ってくる。ビアトリスが入浴中に、不意に彼女を湯の中へ押し込む。死んだところを見計らって外出し、一時間ほどで帰ってくる。そして、

「妻が……、妻が入浴中に癲癇《てんかん》性のさしこみをおこしたらしい。早く医者を！」

と叫んで、自分は失神してしまうのである。

医者がかけつけあらゆる手当を試みる。が、生き返るわけはない。検屍が行われ、「入浴中、癲癇性発作をおこし、浴槽の中に倒れて、溺死《できし》したるものと認める」と死体調書が書かれ、彼はそれに長い手紙を添えて、妻の家族に送ってやる。これですべては落着である。

第二の犠牲者はアリス・バーナムという看護婦だった。自分は売れ残るのではないかという怖れを抱いていたこの二十六歳の娘は「独身の美術商」という触れ込みの、中年の美男子に三日目で身体《からだ》をまかせ、三週目後には結婚し、二ケ月目であの世へ旅立っていった。

手口はビアトリスの場合とまったく同じである。この仕事でジョージは総額六百二十七ポンドの収入を得た。

第三の犠牲者は、マーガレット＝エリザベス・ロフティという三十八歳の女である。彼女も「妻をなくして傷心の美術商」に一目で惚《ほ》れてしまった。そして結婚三日目にして、夫に額面七百ポンドの生命保険契約書を遺して、浴槽の中で息をひきとった。

しかし、ジョージはあまり同じ手口に頼りすぎた。殺人者とか作者とか役者など、「者」の字のつく人間の大敵はマンネリズムである。アリス・バーナムの父のチャールズが（彼は石炭商で、新聞を読むのが大好きだった）、新聞で自分の娘と同じ死に方をした女性のいることを知り、その日が日曜日で商売が暇だったせいもあって、警察へ出かけて行った——。

ジョージが逮捕されたのは一九一五年二月一日で、公判は第一次大戦のさなかの、六月二十二日から七月一日まで行われた。判決は死刑だった。そして八月十三日午前八時、この美男の古物商の刑が執行された。

ジョージ・スミスがいったい何名の花嫁を浴槽に漬けたのか、その正確な人数は不明である。動かぬ証拠を突きつけられたものしか、ジョージは認めようとしなかったからだった。彼の仕事だとはっきりしている右の三件で得た収入は、四千三百二十七ポンドだが、当時の判事の年俸が四百ポンドだったといわれるから、その十一年分に相当し、これはかなりの収入である。だが、つけ加えるまでもなく、人命を元手にしたにしては、あまりにも少い収入でもある。というより人命を元手にするかぎり、引き合う仕事はないようだ。

ただ、こうはいえるかもしれない。ロンドンが、そしてほかの都会が瘤のようなものであるかぎり、ローズベリー卿のいうように「都会の人間がたがいに無関心で」あるかぎり、ジョージ・スミスのようにいくつもの名前を使い分けることは可能である、と。

なお、これとはまったく関係ないが、夏目漱石はジョージ・スミスに一年おくれてこの世を去っている。

岩手山麓殺人事件

関東大震災のあくる年、すなわち一九二四（大正十三）年の秋、岩手県江刺《えさし》にある県農事試験場の分場は次の発表を行った。

「岩手県に適する稲の品種は、当分場がこのたび開発した新種〈陸羽《りくう》百三十二号〉である」

この大正十三年をさかのぼる十年間は、第一次世界大戦による物価騰貴と、それにともなう米価高騰によってひろく知られている。たとえば一九（大正八）年には、米一升十九銭だったのが五十銭にもなっている。富山の一漁村で火のついた米騒動が全国の主要都市へ飛火して大暴動となり、寺内正毅《まさたけ》内閣が総辞職したのはその前年である。

「米が喰《く》えなくなると人民というものはどんなことでも仕出かすらしい」

という、いわば当り前のことに気付いて愕然《がくぜん》となった為政者たちはこのあたりから米の大増産キャンペーンに乗り出すが、その政策は、

①畑の水田への転換（開墾助成法）

②朝鮮・台湾の産米増殖計画の推進
③内地での耕地整理事業の推進
④品種の改良、開発

の四つが主なるもので、岩手県農事試験場の陸羽百三十二号の開発が、この④に該当するものであったことはいうまでもなかろう。

さてこの陸羽百三十二号の父は「陸羽二十号」である。さらに「陸羽二十号」の親は「愛国」で、これは明治の中期後期に関東、北陸、東北でさかんに作られた品種であり、西日本の「神力」と対抗する優良稲だった。競走馬と同じように稲も血統がものをいうのだ。一方、陸羽百三十二号の母は「亀ノ尾四号」である。この「亀ノ尾四号」の祖先をたずねれば、一八九四(明治二十七)年、山形県東田川郡の百姓阿部亀治が、乾田馬耕用品種として在来種から選抜開発したのがはじまり。以来、改良を加えられて「亀ノ尾四号」に至る。

父も名門、母も貴種、加えて仲人《なこうど》が官立の農事試験場というのであるから、この陸羽百三十二号、出来が悪いわけはない。人間世界の名門の子弟には碌《ろく》でもない連中が多いが、稲の世界では、名門の子弟は必ずそれにふさわしい実績をあげる。

熟期　やや晩生《おくて》
品質　中の上
食味　上
耐病性　かなり強し
耐冷性　中の中　（『岩手県水稲奨励品種特性表』より）

というこの陸羽百三十二号はまたたく間に全県下に普及し、五年後には岩手県の水稲品種の半分が、これによって占められた。まさに異様なほどの普及ぶりである。

現在、岩手県で栽培されている水稲品種は十三種であり、この陸羽百三十二号を除く十二種が戦後の開発になるもの（ちなみに名高い「ササシグレ」は昭和二十六年の作）だが、大正生れの陸羽百三十二号が、これらの強力な新種に堂々と伍《ご》して、今でも作られているところにこの種の優秀性が窺《うかが》われる。

では、この新種はどのようにしてひろまって行ったか。第一は口《くち》コミによる。その評判を人伝《づ》てに聞いた百姓たちが、自分で種籾《たねもみ》を仕入れて播《ま》く。第二が試験場技手の持ち込み。第三が村の有力者による持ち込み。第四が……、いや紙数が制限されているので、これ以上筆を滑らせるのはよそう。

近藤粂《くめ》次郎は、右の第三に属する。小学校教員や村役場書記を経て、この陸羽百三十二号が開発されたとき、粂次郎は一方井《いっかたい》村の村会議員だった。天理教の布教師でもあったこの男は、農家出身のせいか田んぼや畑のことにも熱心で、一所懸命に新種の陸羽百三十二号を村の農家にすすめて歩いた。

一方井村は、富士山型の山容を示していることから、南部片《かた》富士とも、また岩手富士とも呼ばれる岩手山（二〇三八米《メートル》）を南々西の方角に眺める山村である。盛岡から東北本線を北上すると、石川啄木の出身地の渋民《しぶたみ》村を通って六つ目の駅が沼宮内《ぬまくない》だが、ここから西へ入ったところが一方井村だ。

ところで粂次郎の陸羽百三十二号普及活動は、天理教の布教活動同様、あまりうまく行かなかった。岩松松太郎という強力な反対者がいたせいである。この老人は村で三番目の資産家であるが、子どもに恵まれなかったので、末の弟の要之助というものを養子に迎えて家督を譲り、自分は沼宮内に出る街道筋に茶店を出して余生を送っていた。日用品や飲食物を商って己れの食扶持《くいぶち》を稼ぎながら、養子要之助が家産を潰《つぶ》さぬよう見張っていたわけだった。要之助の女房タカは粂次郎の伯母で、要之助とタカとの間に生れた長子義明《よしあき》には粂次郎の娘のフジノが嫁いでいるから、松太郎と粂次郎は親戚《しんせき》の間柄にあるのだが、この両人、まことに仲が悪い。それが粂次郎の陸羽百三十二号の持ち込みで爆発した。

「粂次郎の触れ回っている新種の稲は、たしかに平地の水田では多収穫の優良種かもしれない。だが、ここらは山地の田んぼだ。山地の田んぼでは関山《せきやま》にはかなうまい」

松太郎は茶店に寄る村人たちによくこう語った。

「ここは平地より寒い。そして関山は冷害に強い。だから関山がここには一等適《あ》うのだ」

ちなみに関山という稲は、一八九七（明治三十）年に、岩手県農事試験場の小山幸右衛門という天才的な技手が試作開発し、県下にひろめた早生《わせ》種である。

さて、一九二七（昭和二）年一月二十九日午後十一時、この岩松松太郎の茶店が不審火によって焼失し、焼跡から松太郎の焼死体が発見された。検視調書の「創傷及死状欄」には次の如《ごと》く書かれている。

《屍体の所在は、岩手郡一方井村大字一方井、岩松松太郎所有家屋内台所炬燵炉端《ろばた》にして、仰臥の位置に在り、頭部及顔面は黒焦げとなり、両腕は黒焦げのまま、両方に伸ばしたるまま、手首より焼失、手形なし。胸腹部は、衣類附着の部分は紅色を呈し、其他は黒色を呈したり。膝下より焼失し、両脛約一尺位の骨を残す。炬燵炉に当る膝下及脛部は最も焼失しあり、昭和二年一月二十九日午後十一時焼死したるものと認む。》

実況見分書には次の記載もある。

《胴体は着物の焼残り附着し居る所は、白色にして、其他着物の焼けたる箇所は黒色をなすも、創傷の如きものあるを認めず。》

死体を検案したのは沼宮内の菊山医師であるが、彼は死体検案書をこうしめくくっている。

《①紅斑（俗にいう「あまぶら」）を作在せること。②水泡を形成し、その気泡内に漿液を容在せること。③気道内に煤煙を吸入し居ること。以上により、古来稀といわれる七十の齢にして、約一昼夜、連続の牛飲そのものが因をなし、心身極度の疲労を召来し、火焔中に覚醒すれども、逃走し得ざりしものと認む。》

つまり、松太郎老人は酒を喰らって寝込んでいた、火事と知って目を覚したものの、酒の酔いと年齢のせいで逃げおくれ焼死した、ということで落着をみたのだった。

だが間もなく村人たちのあいだに、

「現場に石油の匂いがしていた。創傷がなかったというのは嘘《うそ》で、後頭部に薪《まき》ざっぽうで力まかせに殴った跡があった。茶店からぱっと火の手があがった瞬間、二人の男が茶店を飛び出すのを見た者がある。そう、松太郎じいさんは殺されなすったのだ……」

という噂《うわさ》が囁《ささや》かれはじめた。そして不思議なことにこの噂は、沼宮内署から捜査官がやってくるとぴたりとおさまってしまった。捜査官たちは手ぶらで沼宮内へ引き揚げて行った。

その年、一方井村には怪しい事件が連続しておこった。

七月三日、村祭の日に、岩松フミという娘が、松太郎の養子である要之助の家で急死した。前にも述べたように、要之助の妻タカは粂次郎の伯母なのだが、フミはこのタカによそってもらった味噌汁を飲むやたちまち顔面蒼白《そうはく》となり、七転八倒して苦しみはじめた。さっそく沼宮内から医師がよばれたが、この医師は半年前に松太郎の死体検案書を作成した菊山という男である。菊山が岩松要之助宅へやってきたときには、フミはすでに息を引き取っており、彼は鞄から死亡診断書を出すと、

「急性腸加答児《カタル》」と記入した。

しばらくのあいだ村に、

「フミちゃんも殺されたのだよ。ほらフミちゃんがこの間、青年団女子部の集りに『わたしは松太郎殺しの犯人を知っている。でもその人の名前はいえない』と突然言い出して大騒ぎになっただろう。あれがよくなかったのさ。犯人があの騒ぎを知って、フミちゃんの口を封じたのだ」

という噂が流れた。この噂は沼宮内へも届いたが、今度は捜査官はやってこなかった。前回でこりたのだろう。

秋になって、村から二人の男が姿を消した。一人は丹内亀造という青年で、怪死したフミの許婚者《いいなずけ》だった。粂次郎が、フミの死後すぐに亀造の家を訪ねて、両親に、

「天理教本部の学校へ亀造君を送り出し、布教師の資格をとらせてやりたい」

と申し出たのだった。

「亀造君は頭がいい。人格的にもしっかりしている。きっと立派な布教師になって帰ってくるだろう。そのときは、自分の地盤を全部亀造君に贈るつもりだ。むろん、学校の費用は一切、この粂次郎が負担しよう」

亀造の両親はよろこんで粂次郎の申し出を受けた。許婚者のフミが死んでから亀造の様子が変だった。天理教の本部へ行くのはいい気分転換になるにちがいない。亀造の両親はそう考えたのである。

もう一人は近藤与八という百姓で、これは失踪《しっそう》してしまった。与八は粂次郎とは隣同士で、しかも互いに親戚関係にある。そこでまた、

「犯人は邪魔者を二人村から追っ払ってしまった」

という噂が立った。

「亀造はフミちゃんから犯人の名前を聞いていた。そこで犯人は亀造がけむたくなってしまったのだ。与八は共犯者ではないか。松太郎じいさんの茶店から火が出たとき逃げ出した二人の男、その片方が与八だった。犯人は与八の口から大事の洩《も》れるのをおそれ、金をやって旅に出したのだ」

駐在巡査が沼宮内署の内命をうけて、聞き込み捜査に乗り出した。するとどういうわけか噂がぴたりとおさまってしまう。昭和二年が三年になり、そして三年が四年になった。駐在巡査はやがて聞き込みを諦《あきら》めた。

昭和四年の秋は豊作だった。村のほとんどの百姓が関山を陸羽百三十二号に切り換えており、これは粂次郎の努力によるところ大である。

「いい稲を教えてもらったおかげで、こんなに粒の揃《そろ》った米がとれました」

と粂次郎の家へ礼にくる百姓が大勢いた。岩手山が白くなって冬がやってきた。そのころになると、粂次郎は伯母と娘の嫁いでいる岩松要之助・義明父子《おやこ》の家へ入りびたりになり、そこを布教所にしていた。信者もふえつつあった。陸羽百三十二号が信者をふやしてくれたのである。

ところが年の暮、ひょっこり亀造が村へ戻ってきた。修業年限は五年のはずなのになぜ二年で舞い戻ったのだと粂次郎が問い糺《ただ》すと、亀造が、

「フミちゃんを殺したやつをやはり許してはおけない。二年間、考えに考えた末、やっとフミちゃんの仇《かたき》を取りに帰った方がいいという決心がついた。年が明けたら沼宮内署へおそれながらと訴え出るつもりだ」

と答えた。粂次郎は一瞬、蒼《あお》くなったが、すぐに、

「なるほど。その気持はわからないでもない。自分の気のすむようにしなさい」

といい、傍にいた娘のフジノにこう言いつけた。

「せっかく亀造君が帰ってきたのだ。お祝いに赤飯を炊いてあげなさい」

その夜、フジノのよそってくれた赤飯を一口たべて亀造は畳に爪を立てて苦しみはじめた。沼宮内の菊山医院へ運び込まれたが、途中で息をひきとった。菊山医師は「腸閉塞症」と死亡診断書に記した。いつものように、

「犯人はとうとう亀造の口までも塞《ふさ》いでしまった」

という噂が立ち、駐在が乗り出すと、百姓たちは口を貝よりもかたく閉した。

……むろん、この連続殺人事件の犯人は粂次郎である。伯母のタカ、娘のフジノをそそのかし、布教所新築費用を岩松要之助から引き出したのだが、それを後見役の松太郎老人に気づかれ、きびしく返却を迫られた。それで与八を仲間に抱き込み、二人がかりで松太郎老人を撲殺《ぼくさつ》し、石油をぶんまいて火をつけたのだ。ところが茶店から逃げ出したところをフミに見られてしまった。そこでフミを殺し、ついにはフミから真相を聞いていた亀造を殺害した。

（与八には因果を含め、北海道の鰊場《にしんば》へ出かけさせてある。伯母と娘は肉親だし、真実を喋《しゃべ》る気づかいはない。村の連中は噂はするものの、陸羽百三十二号を恩に着て、駐在や

沼宮内署に対しては黙っていてくれる。あと四、五年の辛抱だぞ。四、五年もしたら、みんなきれいさっぱり忘れてしまうだろう）

粂次郎はこう考え、久し振りにほっとした。（菊山医師はおれの信者だし、おれの片棒担いでインチキ診断書を書いた。これは共犯てことだ。だから菊山から暴露《ばれ》る心配もない……）

ところでこの事件がおもしろくなるのはじつはここからだ。陸羽百三十二号が粂次郎を裏切るのである。一九三一（昭和六）年、東北地方を冷害が見舞った。冷害の被害が最もはげしかったのはこの岩手県であるが、陸羽百三十二号は標高一五〇米以上の高地では殆《ほとん》ど全滅してしまう。たとえば遠野《とおの》盆地（平均標高二四〇米）では、平年作の三割しかみのらず、この村でも半作（五割）以下だった。この年の冷害を俗に「陸羽百三十二号凶作」というが、この品種は平地では強いが山地には弱くて不適格である、という「常識」がはっきり確立したのが、この昭和六年だった。

「冷害のことを考えに入れると、やはりここらには関山が一番だ」

村人たちはこう話をし合い、そのうちの数人が沼宮内署へかけ込んだ。

「村の恩人だと思っていたのでこれまで黙っておりましたが、粂次郎こそ連続殺人の真犯人にちがいありません。フミと亀造の死体を掘ってごらんなさいまし……」

フミと亀造は土葬にしてあったので、毒物検出は可能だった。二人の体内からは昇汞《しょうこう》服毒を立証する水銀が発見された。そして粂次郎は死刑になった。与八は懲役十年、タカ、フジノ、菊山医師は懲役七年である。

ベンダーホテル大量殺人事件

われわれの血を湧き立たせるのは、犯罪そのものの惨酷さにばかりあるのではない。犯罪の現場に滲《し》み込んだ血の量の多少と、われわれの血の湧き立ち度（こんなことばがあるかどうかは知らないが）とは、かならずしも正比例しない。むしろものをいうのは、たとえば、前史＝前日譚《たん》や後史＝後日譚などで、これから記すベンダー一家の犯罪は、後日譚の奇怪さによって第一級の犯罪となった好例である。

ベンダー一家の経営するホテルへウィリアム・ヨークという名の医師が遅い昼食のために立ち寄ったのは、一八七三年（元号法制化賛成者のために注記すれば、日本では明治六年である）の三月下旬の雨の午後のことだった。

この一八七三年は、ゴア・ヴィダールが『一八七六年』という題の小説のあとがきに、《一八七六年という年はおそらく、わが共和国の歴史においては最低の時期であろう。そしてこの時期にどういうことが起ったのかある程度知っておくことは、現在のわれわれにとって有益だと思われる。》（田中西二郎訳）

と書いているように、最低の時期に三年先立つ、さらに最低の年だった。どんな汚いことが国の上下で起っていたか、アメリカ史の書物から抜き書きするのはやさしいが、ここでは、マーク・トウェインがちょうどこの一八七三年に『金ぴか時代』(The Gilded Age)という題の文章を書いていることを指摘するにとどめておく。投機と汚職とがこの時代の主潮であり、そこで金ぴか時代なのだった。そして裏ではインディアンに対する徹底的な迫害が進行しつつあった。長髪《ロングヘア》ジョージ・A・カスターの率いる第七騎兵隊がオクラホマのワシタ河畔のインディアン宿泊地を襲撃し、戦う意志のないシャイアンたちを殺し尽したのは五年前の一八六八年、その第七騎兵隊が名首長シッティング・ブルの指揮するスーとシャイアンの連合軍に壊滅させられてしまうのは、三年後の一八七六年である。もうひとつ、各地で自警団によるリンチが頻発していた。リンチにかけられたのは、白人女と通じた黒人、あるいは黒人とねんごろになった白人女が主であったが、ときには移民してまだ間がなく、英語がうまく操れないでもたもたしている白人も、たとえば土地に殺人事件が発生したりすると真先に疑われ、申し開きをする暇も与えられず縛り首になった。ある資料はこの時代に各州平均三十人のリンチによる死亡者があったという。一年平均三十名ではない、月平均三十名である。

ヨーク医師は、そのとき、カンザス州とミズーリ州との境にあるスコット砦《とりで》の隊長ヨーク大佐を訪ねて、砦から南西へ一〇〇粁《キロ》ほど行ったオクラホマ(当時はまだ州になっておらず、インディアンが閉じ込められていた）に近いインデペンデンス町の自宅へ帰る途中だった。自宅へあと二〇粁しかないのに、なぜヨーク医師はベンダーホテルへ寄ったのだろうか。空腹だったのか。これは後にわかったことだがヨーク医師は三十分ばかり前、パーソンズという町のサルーンでたっぷりステーキをたべている。しかも五〇〇グラムの特大のやつをペロリと平らげていた。ではベンダーホテルがよほどいいホテルだったのか。大ちがいである。ホテルとは名ばかり、一間しかなかった。それも中央をカーテンで区切って、前部が食堂兼寝室兼ロビー、カーテンの内側がベンダー一家四人の居間兼寝室というお粗末な木造屋だった。背後は客の馬を繋《つな》ぐ厩舎《きゅうしゃ》で、さらに後方には果樹園と牧場がある。果樹園の経営者はベンダー一家だが、牧場はちがう。隣人であり、この辺一帯の地主でもある、ドイツからの移民のルドルフ・ブロックマンのものだった。隣人とはいってもブロックマン家は一〇粁も離れている。

ヨーク医師は主人のジョン・ベンダーの娘ケートに用があったのだった。赤毛の美人で眼が黒く、きれいな英語を話したといわれる。ジョンもその妻も、そして息子のジョン（父親と同じ洗礼名の持主である）も英語が下手だった。というより三人ともまるでだめ、父のジョンなどはイエスとノーしかいえなかったらしい。ところが娘のケートだけはよく喋《しゃべ》る。それが近隣の評判になっていた。もっともヨーク医師はケート・ベンダーの容色を観賞に立ち寄ったのではない。じつは一年前からインデペンデンス・ガゼット紙に次の如《ごと》き広告文が載っていたのを思い出し、馬の背からおりるつもりになったのだった。

プロフェッサー、ケート・ベンダー嬢は心霊術応用の治療法をもって諸病を治すことができるであろう。とくに盲目や唖を完全に治す。ケート・ベンダー嬢はカンザス州東南部の、パースンズ、オスウェーゴ、チェトパなどで講演会と治療実験とを定期的に行っているが、急用の場合は右の住所へご連絡いただきたい。オーセージ・ミッション街道上、インデペンデンスの東約二〇粁。

ヨーク医師はベンダーホテルに入り、入口を背に椅子に腰をおろし、ウィスキーを注文した。ケートがウィスキーの瓶とグラスをテーブルの上に置きながらいった。

「カーテンを背に坐っていただけません。このホテルではお客様にカーテンを背に腰をおろしていただくことをきまりにしているんです。だってその方が入口がよく見えるじゃありませんか。だれが入ってこようと、すぐ機敏に動けますわ」

ヨーク医師はケートの指示通りに席をかえ、景気づけにウィスキーを勢いよくあおってから、

「ぼくはインデペンデンスで開業している医師だが、今日はきみの化けの皮を剝《はが》しに寄ったのだよ」

と切り出した。

「美人の心霊術の大家が酒を注いでくれるというのでこのホテルは繁昌しているらしい。まあ、心霊術を客寄せに使うのは構わないが、患者を実際に治療するのはやめてくれないか。心霊術で病気は治りっこないんだから。うちの患者のなかにも動揺するのがいて困るんだよ。根気よく治療に通えば治るのは確実なのに、きみの噂《うわさ》を聞いて……」

ヨーク医師は言いたいことを全部はいえなかった。彼の後頭部にカーテンの向うから鈍器で強力な一撃を加えた者がいたからである。

ひと月たって、スコット砦のヨーク大佐が弟の友人たちとベンダーホテルへやってきた。このときもケートが応対に出た。

「インデペンデンスで医師を開業している弟がひと月前、この付近で行方不明になった。そこで、こうやって探索しているのだが、心当りはないかね」

「ちっともありませんわ」

ケートは愛想よく答えた。するとヨーク大佐はきびしい口調で、

「このひと月、弟の足取りを徹底的に調べた。その上でここへやってきているのだ。弟は

ここで消息を絶っている」

「このへんに無宿者の一隊が出没していることはごぞんじでしょう。あの連中が弟さんをさらって行ったのかもしれませんわ」

ヨーク大佐は一時間以上も粘った。だが、ケートは堂々と落ちついている。

「またくるぞ。そのときはもうすこし腹を割った話を聞かせてもらうからな」

ヨーク大佐はひとまず引き揚げることにした。

一週間後の、とある雨の朝、休暇帰りの部下がヨーク大佐に、今日の未明、ちょっとまわり道してベンダーホテルの様子を探ってきました、と報告した。ベンダーホテルは休業中でした。地主のルドルフ・ブロックマンのところへ寄って、下男に訊《き》くと、ベンダー一家は四日前から姿を消しているとのことで……。

ヨーク大佐はインデペンデンスへ、オスウェーゴへ、部下を走らせ、手空《てす》きの男たちはベンダーホテルに集まるようにと告げさせた。そして自らも数人の部下を引き連れて雨の中を西南へ八〇粁、馬を飛ばした。

四方八方から銃をさげた男たちが馬でやってきた。その数約五十人。正午、ヨーク大佐は扉を蹴破って内部《なか》へ入った。衣類や食器や酒瓶、それからケートの心霊術講演の原稿などが足の踏み場もないほど散らばっていた。カーテンの裏の部屋の隅に地下へおりる穴があり、梯子《はしご》がかけられていた。梯子をおりると地下室だった。床には黒く変色した血の痕《あと》が全部で百五十七もあった。地下室の横の出口から厩舎や果樹園へ行けるようにもなっていた。ヨーク大佐は果樹園の方をちらっと見て、おおと、唸《うな》った。一本のリンゴの木の近くから人間の、白い足首が芽を出していたのである。折からの長雨で、表土が流失し、さかさに投げ込んで埋めた死者の足が地面からあらわれたのだった。果樹園全体が掘りおこされ、合計十一の死体が発見された。男のが九体、若い婦人のが一体、そして少女のが一体。男の九体のうちにヨーク大佐の弟のもあった。死体はいずれもその頭蓋骨を鈍器で撲《なぐ》られていた。全員、カーテンを背にして坐らせられたのだろう。

隣人のルドルフ・ブロックマンは、ベンダー一家に土地を貸したこと、ベンダーとよくドイツ語で話していたことのふたつの理由でリンチにされた。英語が下手で、もたもた言い訳したのも一同の怒りに油を注いだようだった。綱がなぜかぷつんと切れ、ブロックマンは命だけはとりとめたが、恐怖のために数年間、廃人同様になった。

四組の追跡隊が組織され、四方へ散った。そして数日後、手ぶらで戻ってきた。

しばらくの間、カンザスの東南部の人々はそれぞれ次の四つの説のどれかを自説とし、ベンダー一家は生きている、いや死んだのだ、と議論し合った。

①ベンダー一家は南のインディアン・ネーション（オクラホマのこと）へ逃げ、そこで山賊に捕まり身ぐるみ剝されて殺された。
②連中はまっすぐ北上し、ネブラスカのオハマから、開通して間もないユニオン＝パシフィック鉄道でカリフォルニアへ逃げた。
③ウィチタへ出てサンタフェ街道《トレイル》を行き、コロラド高原を越えてメキシコへ出た。
④いや、追跡隊がどこかで連中を捕えたのだ。追跡隊は一家四人を縛り首にし、一家が持っていた有金（七千ドルは持っていたと思われる）を仲間で分けて知らん振りをしている……。

十六年後の一八八九年、カンザスのマクファースンという町に住む老婦人がひとりの洗濯女を雇った。老婦人の名はフランシス・マカンといい、土地の大地主で、かつかなり知られた心霊術家だった。洗濯女はサラ・デーヴィス、赤毛で黒い目の、なかなか顔立ちのよいドイツ系アメリカ人だった。

しばらくするうちこの心霊術の大家は、洗濯女のサラが、十六年前にまわってきた手配書のなかのベンダー一家のケートに似ていることに思い当った。小当りに当ってみると心霊術が好きなようだし、その知識はプロの心霊術家なみである。

ある日、サラが洗濯に余念のないところを狙《ねら》ってマカン夫人は不意に問いかけた。

「ベンダー一家は何人家族だったかしら」

「父のジョン、母のエリザ、兄のジョン、そして……」

ようやくのところでサラは踏みとどまった。こっそり催眠術の一種をかけてあるから、普通なら全部喋ってしまうところだが、サラは危うく逃げた。（やっぱりこのサラはプロの心霊術家だわ。そうでなければ寸前で逃げられないはず……。もう間違いない。この洗濯女こそケート・ベンダーだわ）とマカン夫人は確信し、次の機会を待った。

三日後、サラが熱を出して寝込んだ。マカン夫人がサラの水差しの中へインディアンの秘薬を混ぜておいたのだ。インディアンの祈禱師《きとうし》が、自分を熱にうかされた状態にしたいときに飲む薬で、夫人は心霊実験のときに服用してみようと、それをだいぶ前に手に入れていたのだった。

「サラ、お前は何者だね」

熱のためにがたがたふるえている洗濯女にマカン夫人は訊《き》いた。

「おまえはケート・ベンダーだろう」

「………」

洗濯女は必死で唇を噛みしめている。

「父はどうした」

「……死んだ」

「母はどうした」

「ミシガンのナイルズにいる」

「では兄は……」

「死んだ」

「そして、おまえはケート・ベンダーだ。そうなのだろう」

「あんたはわたしの秘密を嗅《か》ぎ当てた」

あえぎながらサラが叫んだ。

「みんな、みんな、わかられてしまった」

マカン夫人はすべてを警察に話した。

一ケ月後、サラはインデペンデンスに近いオスウェーゴの法廷へ、ミシガンから連行された母親と共に引き出された。容疑はヨーク医師殺害である。裁判所としてはまずこの二人がベンダー母娘《おやこ》であることを証明しなければならない。例の隣人ルドルフ・ブロックマンやヨーク大佐が首実検のために法廷へ出頭した。

「わたしは雇主のマカン夫人をちょっとからかってみただけです。たいした腕もないのに心霊術、心霊術が口癖の奥さまにわるさをしてやろうと思い、術に引っかかったふりをしただけです」

わめき立てるサラを見ながら証人たちが次々に、

「間違いなくケートです」

「たしかにジョン・ベンダーの細君です」

と証言して行く。ブロックマンは、よくわからないと言い、最後にヨーク大佐の番になった。ヨーク大佐は悲痛な声で宣誓をしてから、こう述べたのだった。

「聖書に手をのせて誓った以上、嘘《うそ》はいえん。そこにいる女たちはベンダー一家の者であるはずがない。たぶん、雇主にわるさをしたという言い分が正しいと思う。というのは、十六年前、ベンダーの一家四人はオクラホマで死んでしまっているからでな、正確には四人とも縛り首になっておる。リンチを行ったのは、このわしと、わしの追跡隊全員だ。ベンダー一家は一万ドル近い大金を持っており、全員で七百ドルずつ分けた。それがちょっとうしろめたくて今まで黙っていたのだが……」

その日のうちにオスウェーゴの郡役所はヨーク大佐に五百ドルの賞金を支払った。事件発生直後、郡当局は「ベンダー一家の消息をもたらしたものに五百ドルの賞金を与える」と公告していた。郡当局は、つまりその公告をきちんと守ったわけである。……

背振村騒擾事件

日本でも指折りの米作地帯である佐賀平野に立って北を向くと、なだらかに尾をひく山塊が見える。この山塊が背振《せふり》山地である。主峰は背振山《さん》で海抜一〇五五米《メートル》。高さではさほどの山地ではないが、しかし懐は深い。山地の奥は福岡の県境にまで達している。

この山間盆地には縄文遺跡や弥生《やよい》遺跡が多い。これはつまり古くから開発されていたという証拠だろう。この山間盆地を地元の人びとは「山内《さんない》」とも称する。戦国時代に、「山内」には神代《くましろ》氏という土豪がいて、佐賀平野の豪族竜造寺と争った。

もうすこし背振山地に馴染《なじ》んでいただくために、有史以来、この山地で起った主な出来事を列挙してみよう。伝教大師、弘法大師、慈覚大師などが渡唐に際して航海の安全を祈願したのがこの背振山だという。僧栄西が宋から茶種を持ち帰り、最初に茶を栽培したのも背振山地らしい。変ったところでは、一九三六（昭和十一）年十一月十九日、フランスの航空家アンドレ・ジャヴィがこの山地に墜落し死亡した。ジャヴィはパリ＝東京間百時間飛行に挑戦中、背振山に激突したのだった。大雨が降っていて、それで視界がゼロに近かった。原因は一応そういうことになっているけれども、これはあくまで推測で、正確なところはまだ判っていない。そして未来永劫《えいごう》判らないだろう。たしかに、背振山地には雨がよく降る。年間の降水量が二二〇〇ミリメートル、裏日本並みの降り方である。同時に気温も低い。年の平均が摂氏一〇度だ。ひとことでまとめれば〈冷涼多雨〉の地なのである。この冷涼多雨の気候は杉の木の成育に適している。

倉谷ガキというおいしい干柿の産地として、この背振山地を記憶なさっている食いしん坊の読者もおいでになるかもしれない。毎年十一月の下旬になるとこの山地にある小学校や中学校の生徒たちは一斉に学校を休む。父兄と一緒に渋柿の皮むきをするために、である。学校側としても生徒がやって来ないのでは授業が成り立たぬので、校門に「臨時休業」の札をさげる。そして校長も教頭も教師も、それぞれの自宅で柿の皮むきに精を出す。臨時休業は十二月上旬まで続き、その期間に剝《む》かれた柿の実は倉谷ガキとなって九州全土へ、ときには大阪や神戸あたりまで移出される。この倉谷ガキの中心地は、背振山の南の麓《ふもと》の背振村である。ひとつその背振村へ入って行ってみよう。

背振山へは、神埼《かんざき》町から入るのが便利である。長崎本線佐賀駅の二つ手前（すなわち博多寄り）の駅が神崎駅だ。江戸期末の蘭方医伊東玄朴、また小説家吉田絃二郎がここで生れている。人口一万七千余の、そうめんのうまい田舎町である。駅前でバスに乗り、北へ向う。バスは佐賀平野を十五分ばかり走ってから、〈突然に〉といった感じで、背振山地へ突っ込む。この山地は断層台地なので、いきなり山になるのである。末は筑後川へ流れ込むはずの城原川《じょうばるがわ》と雁行《がんこう》しつつ上り道がつづく。草原が前景にある。牛が牧草をはんでいる。そして背後は、美事な杉林だ。もしバスのなかに背振村役場の吏員がいれば、こう説明してくれるかもしれない。

「このあたりの全林野面積の七割が民有地なんですよ。これは大変な数字ですぞ。たいていの山林では、七割が国有林や公有林なのにこの背振村ではその割合が逆転しているのですからね。もうひとつ、全国平均人工林率は三割ちょっとですが、この村はなんと五割四分です。むろん、全国一の高率です。つまり、村にある林の七割が民間の所有林で、半分以上が人工林なんですわ。そういうわけで、ここはなかなか豊かな山村なのです。これも徳川権七《ごんしち》村長のおかげで……」

やがてバスは神埼町から三十分で背振村の中心集落である広滝《ひろたき》へ着く。バスを降りて役場へ行くことをおすすめしたい。この役場こそ、徳川権七村長が村の有力者たちに襲撃された場所なのだ。ちなみに、ここまでのバス代は二百四十円である。

和田伝《わだつたう》の『日本農人伝』(家の光協会刊)によれば、徳川権七は広滝の近くの腹巻《はらまき》という集落の旧家に、安政二年(一八五五)に生れたという。明治十三年(一八八〇)、二十五歳の春、腹巻の戸長役場に筆生《ひっせい》、すなわち書記として勤めた。それまでは、自分の家で農業をやっていたようである。奥州福島から蚕種《さんしゅ》を仕入れてきて養蚕をやってみたがだめ、久留《くる》米《め》から柿苗を運んで植えてみたが直ぐは実がならない、そのほか、孟宗竹《もうそうだけ》に棕櫚《しゅろ》に櫨《はぜ》に楮《こうぞ》に茶の木にと、よいと思ったことには片っぱしから手をつけてみたが、どれも香《かんば》しくない。暮し向きは依然として貧しいままである。ようし、こうなったら村役場に入って、やがては村長になり、大本から村を改造してやろう、そう考えて筆生を志願したのである。では、どうやって村を改造するつもりだったのか。権七は四千町歩の国有林に目をつけていた。

明治十五年八月、農商務省山林局長品川弥二郎は左大臣に、

「国家財産の保護たるや森林を保護するより難きはなし」

という書出しではじまる稟議書を提出した。つまり品川弥二郎は、森林荒廃におどろいて森林法を早急に制定しなければならぬ、と慌てたのだった。とくに海軍船艦供備木を確保しないととんだことになる。全国山林をこのまま放っておいては軍艦などとてもできやせぬ。

これに対し、政府はどう動いたか。明治二十一年に宮内大臣が総理大臣に宛《あ》てて出した内陳書を見てみよう。

「就ては永世の御財政を計画するは官有山林を帝室に編入し、栽培蕃殖其収益を以て御経

済を助くること不朽の要務と存じ内務、農商務両大臣へ協議の末、官有山林の凡そ三分の一を帝室に編入の事……」この内陳書が基になって、木曽をはじめとする保存のいい山林が皇室へ編入され、おかげで皇室は大地主になるが、なんだかトンチンカンなはなしである。「全国の山林が荒れ果てていて困る。森林法を制定して保護育成に当らなければならない」とだれかが言うと、途端に「それなら荒れ果てていない山林を帝室のものにしてしまえ」と反応し、全国の山林の三分の一にも相当する部分を天皇家の財産にしてしまうのだからおそれいる（ここまで、引用の資料は藤田義夫・鈴木尚夫著『林野行政の変遷と農業』に仰ぐ）。

さて、権七が目をつけた背振村の四千町歩の国有林は、皇室の御料林にならなかったことからもわかるように、雑木ばかりのひどい山だった。この山を国有林から村有林に払い下げてもらおう。そうして村人の手で植林をしよう。いますぐには収入にはならないだろうが、子孫が助かる。権七はそう考えたのである。漁師は海にすがって生きている、平野部の百姓は水田にしがみついて生きている、われわれ山の民は山に頼って生きなくてはならない。それなのにわれわれは、山に居《お》りながら、山田や山畑に頼ろうとしている。そこに無理がある。山の民は山の仕事をして喰《く》うのだ。権七はこう決心したのである。

明治三十一年（一八九八）に、権七は佐賀地方森林会議員となった。明治三十五年（一九〇二）には、佐賀県から派遣され、三重の尾鷲《おわせ》をはじめ、岡山、愛知、静岡の各地の林業事情を視察してまわった。名古屋では大日本山林会の総会にも出席した。この大日本山林会は、農商務省山林局の施策を下達させるための外郭団体で、初代幹事長は彼《か》の品川弥二郎である。会員の三分の二は林野関係官庁の役職員、残る三分の一は、深川木場《きば》の材木商人と地方の林業家である。

この大日本山林会の総会で、ある感触を得た権七は、帰郷するとさっそく大林区署《だいりんくしょ》に払い下げの出願書を提出した。このとき、すでに後の悲劇の種が蒔《ま》かれた。村の中農以上の、いわば有力者たちが、

「秣場《まぐさば》がなくなる。肥料も作れなくなる」

と反対したのだ。それまで、国有林から勝手に草を刈ってきて、秣や堆肥《たいひ》をつくっていたのが、村有林になればいろいろと窮屈になる。それじゃ困る。有力者たちは、さほど生活に困っていないだけに、このようなつまらぬ理由をあげて難色を示す。権七は「村有林にも秣場をつくる」と約束し、この反対を一蹴《いっしゅう》した。

翌々明治三十七年（一九〇四）、権七は村長に挙げられ、同時に、大林区署から払い下げ許可の報《しら》せがもたらされた。払い下げ面積は二千九百町歩余（あとで実測してみると四千町歩あった。当時の国家の仕事は存外いい加減だったのである）。払い下げ代金は反当り四十銭五厘。これに立木《たちき》代、小柴代を加えて合計一万六千円。当時、米の値段は、深川正

米の上米、中米、下米の平均で、一石十五円八十銭である。一万六千円では千十三石買える。一方、明治三十七年の反当りの収穫高は全国平均一石六斗（赤島昌夫『戦後東北農業生産力の展開』による）である。背振村のような〈冷涼多雨〉の地では、よくて一石三斗ぐらいのところだろう。さて、当時の背振村の田は二百町歩（他に畑が百町歩）であるから、一年の収穫高は約二千六百石となる。つまり、右の如《ごと》き単純な計算によっても、村の一年の総収の半分近い金額となる。この大金をどうやって都合すればよいか。

権七は農工銀行から二十五年年賦でこれを借り入れた。そして権七は何回か村民大会を開き、二十五年計画の勤倹貯蓄規約を定めた。まず、冠婚葬祭は最小限の規模にとどめること。そうやって倹約した金を郵便貯金にする（一戸毎月十銭以上）。これを全戸同額醵《きょ》金《きん》する。また豊作の年は戸数割を標準に村民から玄米寄付を募る……。

有力者たちは権七に対抗するかのように、これまで以上に冠婚葬祭を派手派手しくやった。だが小農たちは権七の熱意に引き摺《ず》られ、十銭貯金を励行した。途中で十銭貯金ではいかが行かぬ、二倍の二十銭貯金にしたいと申し出てきたのも、これら小農たちだった。そしておどろくべし、二十五年年賦をわずかの五年で返済してしまったのである。つまり小農や貧農ほど、権七の方法以外にこの貧乏から抜け出す道はない、と信じていたのだった。

明治三十八年（一九〇五）の春、奉天占領の報に日本中が浮き立っていたころ、第一回の植林が行われた。三継山《みつぐやま》の六十町歩が最初の造林地だった。苗は杉を主力とした。日本産の材木のうち、一町歩当り最も大量の材木を生ずるのは杉である。また権七は『大和本草《やまとほんぞう》』の、

「およそ杉は美材なり、柱とし、棺に作り、土に埋み桶とし水を入れて久しく腐らず、屋をつくり、船につくり、帆柱とし、器を製す、甚《はなはだ》民用を利す、（中略）油杉の香臭あるを酒家これを酒中に投じて気味を助く」

という記述が殊の外、気に入っていて、最初から杉を植えようと決めていた。杉の植林に必要なのは、「杉は水を呼ぶ」のたとえがあることからもわかるように水である。流れのよい地下水のある土地、湿潤な空気、朽土や腐葉土の西日の当らぬ場所、そういうところに植えればまず失敗はない（上原敬二『樹木大図説』）。そして権七は、自分の村の山地が右の条件をすべて満していることを知っていた。

杉のほかに若干の松とさわらと櫟《くぬぎ》と栗とを混ぜた。杉、さわら、松は一町歩当り千本、櫟は三千本、栗と櫟の混植は千五百本の割合で植えることにした。山の斜面に正三角形の植線《しょくせん》を無数に引き、その頂角に四〇糎《センチ》の棒を立てる。つまり、杉を植えようと思う斜面に千個以上の正三角を描いたわけである。

植え手は二人一組。くじ引きで男と女を組み合わせ、男が棒の立っている所に山鍬《やまぐわ》で穴を穿《うが》つ。女はその穴へ苗を植えて行く。これは、作業に遊びの要素を加えようとして権七が考え出したやり方だった。

――今日はどこの嬶《かかあ》殿と組めるかな。

――今日のわたしの相方《あいかた》はどこの亭主だろう。

村中が毎日、祭の日のように湧き立った。男は女に自分ができる男であることを見せようとして骨身を惜しまぬ、女は男に自分がどれだけ内助においてすぐれているかを示そうとして懸命に苗を植える。またたく間に六十町歩を植え終えた。そして十一年目の大正四年には、最初の目標の一千町歩を苗木で埋めつくした。権七は早くて十五年はかかると踏んでいたが、彼の心づもりよりも、四年も早く仕事を消化してしまったのだ。苗木さえあればもっと早く仕事が済んだかもしれない。苗木の仕入れ先は主として福島県の原町小《はらのしょう》林区署《りんくしょ》だった。六十町歩の苗圃《びょうほ》に、千人の人夫を使って苗木を育成していたが、当時は一種の造林ブームが全国を吹き荒れていて、苗木の絶対数が足りぬ。そこで背振村へは欲しいだけの苗木がまわってこなかったのである。

一方、有力者たちの中傷や反対は、年を追うごとに激しくなって行った。

「男と女をくじ引きで一組にし、仕事を一緒にさせるとはなにごとであるか。もし、その二人が間違いでも仕出かしたらどうするつもりだ」

という道徳論をぶって村長排斥を説く有力者がいた。別の有力者は、

「女房に逃げられた男を村長にいただいていていいのか」

と陰口を叩いてまわった。妻に逃げられたこと、これは事実である。明治三十七年に村長になってから三期十二年間、権七は役場に泊りっ切りで、一度も自宅で眠ったことがなかった。そこで妻のしまは怒って実家へ引き揚げてしまっていた。

「毎年毎年、何十日も出役《でやく》じゃ疲れて仕方がないだろう。もういい加減、出役はやめちまえよ」

と焚《た》きつけてまわる有力者もいた。そして有力者たちをなによりも怒らせたのは、権七の行った山林整理である。村有林の間に点々と個人所有林（そのほとんどが有力者の持ち林だ）があっては不便である。権七は個人所有林をすべて村の近くへ移してしまった。これは、山仕事がしやすくなるから個人所有林の持主にとっては歓迎すべき改変のはずであるが、有力者たちは、これを突破口にして、権七を村長の座から引き摺りおろそうとした。

だが、すでに権七は、植林の終えた村有林を全村五百余戸の百姓に一戸平均一町五歩ずつ分けており、村民に絶対的な信頼がある。大正五年（一九一六）の村長選挙で権七は四選された。

同年九月一日、十七名の有力者たちが役場の宿直室で寝ている権七を襲った。布団を棒で乱打し、唐鍬《とうぐわ》で殴りつけた。これが世に名高くない、あまり知る人のない背振村騒擾《そうじょう》事件である。

幸い権七は、第二期の植林計画を練るために深夜の山中を歩きまわっていたところだったので擦り傷ひとつ負わずにすんだ。十七名の有力者たちの叩き損、殴り損で全員、佐賀市の警察署へ収容された。

もっとも、世の中をさわがせた罪は重いと、権七は村長を辞任し、村は県務管掌となった。だが、権七は役場に泊って植林の指揮をとりつづけた。

権七が死んだのは、大正十三年（一九二四）二月十八日である。死因は脳溢血《のういっけつ》だった。特記すべきは、彼の倒れた場所がやはり役場の宿直室だったことである。

いま、背振村の杉林は六十年輪伐法《りんばつほう》によって伐《き》られ、毎年すくなからぬ金を村に与えてくれている。それにしても、ちかごろはこの権七のような篤農家はまるでいなくなってしまった。その原因は一口にはいえないが、すくなくとも元凶のひとつが、財界人と農政官僚と政治家との合作の、あの農業基本法（昭和三十六年）であることはまちがいない。この法律のおかげでこの種の騒擾事件はもう二度と起る気づかいはない（村のために一所懸命つくしても仕方のない世の中になってしまったからだ）が、しかし、一方別種の大犯罪が目下進行中である。土の、林の、山の殺戮《さつりく》という犯罪が。

ピルトダウン人偽造事件

第一次世界大戦前夜におけるイギリス支配者層の仮想敵国は、いうまでもなくドイツだった。それまでのイギリスは主としてロシアとフランスとを敵対国とみなしていたが、一八九五年のアルメニア問題や九六年のクリューガー電報事件などを切っかけに、ドイツが敵対国の最たるものとしてのしあがってきた。

とりわけドイツがバグダード鉄道の特許を得て、ペルシャ湾をおさえたことが、イギリスの神経を逆なでにする。当時のイギリスは、俗な言い方をすれば「インド帝国でたべていた」。したがってイギリスの、地中海、バルカン、中近東、東アジアに対する諸政策はすべて、「インドの防衛」の見地からおこなわれていた。バグダード鉄道やペルシャ湾をドイツにおさえこまれたら大事《おおごと》だ、イギリス本国とインドとは分断されてしまう。ほとんどのイギリス人がそう考えた。ピルトダウン人を発見したのは、このイギリス人の国民感情である。

もっともいまは先走るときではない。ピルトダウン人発見までの、イギリスの国内事情をもうすこし仔細にみてみよう。

一九〇一年一月、ボーア戦争の最中にヴィクトリア女王が死んだ。女王はイギリス史上で最も長い治世を誇る、いわば「名君」であった。

海上輸送にかかる運賃が安くあがるようになり、アメリカやカナダから大量の穀物がイギリスへ流れ込んできた。また冷凍技術や屠殺技術が向上し、アルゼンチン、オーストラリア、ニュー・ジーランドから安い牛肉が運ばれてくるようになった。このふたつはイギリス農業を半死半生に叩きのめす。

一方、チャーチルが海相をつとめている自由党内閣は、近い将来、ドイツとの開戦は避けがたいとして、巨額の軍艦建造費を議会に要求し、大がかりな軍備拡張政策を推し進めていた。物価があがって実質賃金が低下し、労働者たちはストライキを打ちつづけた。ストライキを打ちつづけることによって労働者たちは横につながり連帯し、「労働組合員の数は一九一〇年から大戦までの四年半のあいだに二五〇万から四〇〇万近くに増加した」(西海太郎「第一次世界大戦前のヨーロッパ諸国」、岩波講座『世界歴史』第23巻所収)。

ここまでをまとめていえば、当時のイギリスは、名君を失って動揺し、国内不安がその動揺へさらに拍車をかけており、このままの状態でドイツと戦うようなことになったらどうなるかという心配でみたされていた。しかもアイルランド自治をめぐって内乱の勃発も予想される……。

こんなある日のこと、イギリス海峡に臨むブライトン市の近くのフレッチング村の弁護士チャールス・ドーソン（Charles Dawson）は、サセックス州ピルトダウン村（Piltdown）の河床下部洪積層から、頭蓋《とうがい》片と下顎《かがく》片の破片を発見した。古代動物マストドンの骨も同時に見つかった。

この日曜地質学者の弁護士は、これらの人骨化石を、当時、イギリス考古学界の指導的立場にあった大英自然史博物館教授ウッドワード卿（Smith Woodward）の許《もと》へ持ち込んだ。ウッドワード卿は、フランスの考古学者テヤール・ド・シャルダン（Pierre Teilhard de Chardin）の助力を得て、持ち込まれた人骨化石を復元し、

「ホモ・サピエンス系統では最古の人骨が発見された。つまりわがイギリスにも旧石器時代人がいたのである」

と発表した。一九一二年十二月のことである。この発表は世界的反響をまきおこした。そのころはダーウィンの学説が絶対的真理として信奉されており、人間が猿から進化したものである以上、過去の時代のどこかで、ヒトと類人猿とをつなぐ「ミッシング・リング」が存在すべきである、と人びとは考えていた。この類人猿と人間とをつなぐ環、それこそアマチュア地質学者ドーソンの発見したピルトダウン人ではないか。

骨は厚いが脳は大きく、額の高い頭骨。これはほとんど現代人のそれに近い。それとは

逆に、下顎骨は非常に類人猿的だ。たしかにこれこそ「類人猿と人間とをつなぐ環」である。イギリスの考古学者たちの大部分が、ピルトダウン人を本当に存在した原始人として認めた。ただひとり、

「眉唾《まゆつば》ものの発見である。人骨と類人猿の骨とが偶然に混ったのではないか」

と反論した考古学者がいた。オックスフォード大学の人類学者ソラス（W. J. Sollas）だった。

「だいたいサセックス州一帯は、わたしの手によって掘りつくされているといってよい。サセックス州から原始人の人骨化石が出てくるなぞ考えられない」

だが、ソラス教授はそう長く反論を唱えることはできなかった。イギリス国民が許さなかったのである。

「ソラスという学者は、学問上の競争相手であるウッドワード卿の成功を妬《ねた》んでいる。だからピルトダウン人を認めようとしないのだ。なんと心のせまい学者であろうか」

だれもがこういった。なかにはこういうかわりに、ソラス教授の家へ石を投げつける者もいた。そこでソラス教授は、大英考古学会の席上、

「どうやら今年は不正直者の繁盛する季節らしい」

と、まずシェークスピアの『冬物語』のなかの台詞《せりふ》を引用して自分の見解を述べ、その

見解を、

「……だが、すべての疑問は、一切、時がとき明してくれる。時というやつは思いがけない助け舟を出してくれる時がある」

と『シンベリン』のなかの台詞を引き合いに出して結び、以後、この問題に関しては沈黙を守った。これは余談だが、この考古学会からの帰り道でソラス教授は三人の暴漢に襲われ、顔に全治二週間の傷を受けている。

「この非国民め」

暴漢のひとりが退散の間際にこういったと伝えられる。

「イギリス中がピルトダウン人発見を慶賀しているというのに、どうして貴様だけは素直によろこばないのだ」

〈非国民〉という罵言《ばげん》は、どうも日本人だけの専売特許ではないらしい。

ドーソン弁護士は一躍して国民的英雄となり、その後、さらに彼は二、三の頭骨片と一本の臼歯を発見し、名声をいっそう確固たるものにした。彼が世に出したピルトダウン人には『エオアントロプス・ドウソニ』(Eoanthropus dawsoni)、すなわち〈ドーソンの暁の人〉という学名がつけられ、ドーソンはウッドワード卿と共に、その名を歴史にとどめることになった。

二年後の一九一四年、ウッドワード卿とソラス教授との間に、別の論争が起った。ピルトダウン村から西へ百数十キロばかり行ったところにシャーボーンという寒村があるが、そこから動物の骨が発見された。その骨の表面には馬が線彫りにされていた。発見者はポーツマス市の公立中学校の生徒だった。中学校教師は教え子の拾ってきた骨を見て、

「ひょっとしたらこれはピルトダウン人たちの仲間の〝芸術作品〟ではないか」

と思いつき、さっそくウッドワード卿のところへ届けた。ウッドワード卿は念入りに調べたのち、

「まさしくこれは先史人の〝芸術〟である」

と鑑定した。が、この鑑定にソラス教授が噛みついた。

「シャーボーンの馬頭彫像は偽造である。よく見れば素人にも判るはずだが、この馬は、二十世紀の競馬場を走っているのと、そっくりだ。旧石器時代にも競馬場や牧場があったのだろうか」

この論争は十年間にわたってつづけられ、結局、ソラス教授が勝った。

ソラス教授は発見者の生徒を面詰し、

「じつはボクもドーソン弁護士みたいに有名になりたかったんです。それで馬の骨に、釘で、馬の面《つら》を彫って教師のところへ持って行ったのです」

こう白状させたのだ。生徒はソラス教授から、

「重クロム酸塩を使って年代を出そうとしたのではないかね。骨を暗褐色に変色させるには重クロム酸塩を使うのが一番なのだが、きみが在籍していた当時、中学校の生物学実験室には重クロム酸塩があった。生物標本をつくるのに要《い》るからね、これは。さあ、正直にいいたまえ」

と詰めよられ、観念したのである。それにしてもソラス教授は、なぜ重クロム酸塩に着目したのだろうか。この謎《なぞ》が解けたのは一九七八年、すなわち去年であるが、また先走りしてしまった。筆を第一次大戦が終ってしばらくたったころへ戻そう。

学者たちはやがてピルトダウン人の頭骨を、他の信用するに足る化石人骨と比較しはじめたが、そのうちにだれもかれもが首をひねりだした。ジャワ原人やアフリカ先行人類たちはすべて〈類人猿に似た頭骨を持ち、人間に似た顎《あご》を持つ〉のに、なぜピルトダウン人だけはあべこべなのか。なぜピルトダウン人にかぎって〈人間に似た頭骨を持ち、類人猿に似た顎を持つ〉のか。これは逆の進化ではないか。

この疑問は第二次大戦後へと持ちこされ、一九五〇年に一挙解決された。

まずケネス・オークリー（K. Oakley）が、前頭骨中の弗素《ふっそ》の定量から、旧石器時代などとはとんでもない、これは沖積世以降のものである、と発表した。つづいてJ・S・ワ

イナー（J. S. Weiner）とル・グロ・クラーク（W. Le Gros Clark）が解剖学的分析を行い、後頭骨は現代人のもの、下顎骨もまた現代類人猿のものである、と述べた。

つまり、現代骨のすべては重クロム酸塩で着色したもの、その上、下顎骨には年代を出すためにやすりがかけてある、と判明したのだった。すでにドーソンもウッドワード卿もソラス教授も黄泉《よみ》へ旅立っており、当事者たちの弁明や証言は得られなかったが、最新の年代測定法を駆使して真相究明に当った前記の、三人の科学者は、

「ソラス教授の言い分が一〇〇パーセント正しかった」

と断定した。

「そしてドーソンという弁護士はイカサマ師で、ウッドワード卿はお人よしの無学者であった。これがピルトダウン人事件の真相である」

ピルトダウン人の化石は古人類から除かれ、大英自然史博物館の倉庫にしまわれた。そして人びとはピルトダウン人のことを忘れてしまった。

ところが一九七八年になって、一巻のカセットテープが、ふたたびピルトダウン人をよみがえらせることになった。ロンドンで開かれた比較解剖学古生物学会の最終日、壇上におかれたソニー製のテープレコーダーが、

「会員諸君、わたしはオックスフォードの元教授のJ・A・ダグラスであります」

と告げつつ回りはじめたのである。ダグラス元教授はソラス研究室の俊英で、師のあとを継いで地質学と考古学とを教え、数ヵ月前に病死していた。

「わたしはソラス教授がおそるべき陰謀家だということを知っていた。彼の陰謀を世間に公表しなければ、と何度思ったか知れやしない。だが、公表すれば自分自身も失脚してしまう。そこで卑怯《ひきょう》にもこれまで口に封印をほどこし、黙り続けてきた。しかし、わたしは間もなく死んで行かなければならない。墓の下まで秘密を持って行くなど、考えただけでも気が滅入ってしまう。そこで遺言がわりに、事件の真相をテープに吹き込むことにした。……聞いてくれたまえ。ピルトダウン人を偽造した真犯人はソラス教授であった。これまでは、ウッドワード卿とドーソン弁護士とが共謀して例の古人類をでっちあげたというのが通説になっているが、事実はちがう。ソラス教授がドーソン弁護士とぐるになったのである。その目的はなにか。学問上の競争相手であるウッドワード卿を笑いものにするためだった……」

ダグラス元教授の遺言演説は五十数分にわたって長ながとつづく。紙数が乏しくなってきたので要約すればこうである。

——ドーソン弁護士とソラス教授とは旧知の間柄であった。ソラス研究室へやってきて話しこむドーソンを、自分は何度もみている。

——ピルトダウン人と共に発見されたマストドンの化石は、自分がボリビアで発見したものだ。ソラス教授に提出したが、それっきりになってしまった。おそらくドーソンに手渡されたのだろう。

——ピルトダウン人の発見される半年ばかり前、ソラス研究室にある工場から、かなりの量の重クロム酸塩が送り届けられてきた。同研究室では、それまで重クロム酸塩を使ったことがない。

——ピルトダウン人が発見されるひと月前、ソラス教授とパブで一晩飲み明したことがあるが、そのとき教授は、

「ウッドワードはやがて赤恥をかくことになるぜ」

といった。教授はつづけてこうもいった。

「あのおっちょこちょいのウッドワード坊やは、間もなく金貨を拾うだろう。ところがその金貨は、金メッキのまがいものなのさ」

だが、皮肉なことに、ウッドワード卿の拾った金貨がガセネタであることを暴露するのに、ソラス教授はみごと失敗した。イギリス国民がそれを欲しなかったからである。

「あのドイツ野郎どもは生意気にも、ネアンデルタール人という人類化石を持っている。

フランスにもクロマニヨン人が存在していた。だとすればこの大英帝国に、人類化石が存在しないという法はない。いや、大英帝国は人類化石を必要とする」

つまりイギリスの国粋主義ないしは大国主義がピルトダウン人を発見したのだった。

連続異常妊娠事件

一九二二（大正十一）年十二月から一九二七（昭和二）年三月までの四年四ヶ月間に、五人の赤ん坊を分娩《ぶんべん》した女がおり、この女は五回にわたる分娩により三万九千円の収入を得た。当時の三万九千円は大金である。ではどの程度の大金か。

一九二六（大正十五、昭和元）年、日本放送協会「……大阪放送局では本年八月までに東洋一を誇る本放送設備を完成すべく、その敷地として東区大平村の輜重兵舎跡の七百四十坪の買入方を大阪市に交渉中で、その交渉がまとまれば来る十五日の市会で決定する筈である。／既に設計を終り工事に着手するばかりになつてゐるが、その設計によれば空中鉄塔の高さは二百五十尺、下にはカウンターボイスを埋めて磁気線に代へ、本館は鉄筋コンクリート三階建、地下室を合せて九百八十五坪、地下室には大小食堂、原動機室、暖房室冷却室を設け、三階には第一、第二放送室などを設ける。なほ別館として九十一坪の三階建の機械室を建てる予定。工費六十万円である」（万朝報。同年二月十三日）。東洋一の放送局が六十万円で建つ時代の三万九千円だから、これはかなりの大金である。

また当時、東京「……郊外の貸家は文字通り至る所に在り中でも三十円前後が一番多く世田ヶ谷はその筆頭でこの辺になると一畳当り一円五、六十銭といふ相場」（万朝報。同年二月二十七日）だったし、「……人夫岩谷佐善（四十四）は娘はるみを浅草田原町二ノ二周旋業平野嘉吉に頼んで品川新宿三〇女郎屋宇野秀五郎方へ八百円で売る事にきめ前金二百円をとつて飲んで仕舞つた」（報知新聞。同年五月十三日）ことからも窺《うかが》われるように、娘の売り値が八百円だった。いや八百円はよほどの上玉の娘の値段で、「つる子は継娘でそのためつる子は富山県高岡市羽衣遊廓松島楼へ四十円の身代金で売られた。小柄なつる子が涙に泣き濡れて性慾の餓狼の前に惜し気もなく身を提供したのは昨年の夏からである」（読売新聞。同年五月三十一日）というわけで相場は四十円〜六十円といったところだった。一方、ベンツはいくらしたかというと「ドイツの聯合国賠償問題はドース案に基いてそれぞれ英米仏等の各国に支払はれてゐるが我が日本にも十五年度分として五百万マークを支払はなければならない、が国土の疲れ切つてゐる独逸政府の現在の貧弱なる財政状態ではいま急に正金を日本へ輸送することは最もこたへることである。そこでこの五百万マークの正金の一部に代へるものとして図書を以って賠償に当ることに相互間の諒解も纏まつたが、その後日本政府では急に模様替へをして自動車六十台にしてベルリンから日本までの運搬方を大倉組とシーメンス会社に依頼したがこの程になつて大倉組が請負つたベンツ会社の自動車三十台だけ横浜に着いたので近く大蔵省に納入することになつてゐる。／註文した六十台の自動車はピヒトスとベンツ両会社製の軽快なもので一台の価格は三千円から八千円……」（国民新聞。同年七月二日）。やはり三万九千円はたいした金額だった。なお、この一九二六（大正十五）年の九月に、日本交響楽協会（そのころ唯一の交響楽団）から指揮者の近衛秀麿《このえひでまろ》が脱退しているが、その理由は「……日本交響楽協会の設立は昨年春からで今ではメンバーも五十有余名に及び、会員も七百名を越すやうになつたが、此の会を主宰する山田耕筰氏は屢々同会財産を私生活に流用した結果、去る七月迄に約千円の穴をあけ、メンバーに対する七月分の給料も払へない始末に、近衛秀麿子（爵）が自分の名で借金して楽員達の生活の保障を立てたりし」（読売新聞。同年九月三日）なければならぬのに疲れてしまったからだった。千円の使い込みをめぐってそれぞれ当代随一の指揮者と作曲家とが袂《たもと》を分ってしまう時代に、三万九千円はたしかに大金だった。

大金はいいとしても、一人の女性が四年四ヶ月間に五人もの赤ん坊を生むことができるものだろうか。五ツ子ならとにかく一人ずつ生めるか。知り合いの産婦人科医にたずねたら、返事は、

「バカ」

と、これだけだった。つまり不可能らしい。不可能を可能にしたのは、この女の創意工夫と当時の世相だった。

一九二七（昭和二）年三月十日、東京市内、そして市外の各警察署長は、警視庁からの次の如《ごと》き手配電報を受け取った。

本日午後二時頃管下目白一五六五先空地に於て同番地官吏高木丈太郎方女中服部ふくは、生後四ヶ月の丈太郎二女文子を子守中、左記人相の女現はれ「一寸抱かせて呉《く》れ」と云ひ寄り抱き取り「おもちやを与へる」と称し、服部ふくを附近のおもちや屋に行かせ、その隙に文子を攫ひ逃走す。左記人相に依り署員を督し犯人検挙に努められたし。犯人の人相、年齢三十歳ぐらゐ、丈五尺ぐらゐ、細面、色白の物凄い美人、着衣鉄地に細き白の竪縞金紗袷《たてじまきんしやあはせ》。羽織は黒縮緬紋附を着し、紫緒附黒表フェルト草履を穿く、その他不明。

あくる月の四月二十三日、東京市外の目白署に、市外落合町上落合一二〇三の琴師匠岡田はる子（二十六）が「私生児認知、貞操蹂躙《じゅうりん》」の告訴をしてきた。訴えられたのは、本郷区菊坂町三二に住む三陽銀行目白支店長早川隆三である。慰藉《いしゃ》料は一万円。訴状を要約するとこうである。

〈私岡田はる子は大正十三年六月十九日以来、早川支店長と情を交えてきた。昨大正十五年三月上旬、早川支店長の子どもを妊娠し、同年十二月下旬に女児を分娩した。ところが早川支店長は、養育費は勿論のこと妊娠後は一切の関係を断ち、会ってもくれない。そこで出生の女児を庶子として認知した上、慰藉料の名目で手切金一万円を出し、産児を引き取ってほしい〉

二日後の四月二十五日、目白署の司法主任は早川隆三支店長を呼び出して取り調べた。

〈岡田はる子とはたしかに情交はありました。大正六年ごろ、私は早稲田大学に通っていましたが、下宿が岡田はる子の家の隣でして、その時分、はる子は軟派女学校として有名な虎之門女学校の生徒でした。評判の美人女学生だった。最初の情交はその時です。結局、私は振られました。はる子は、やはり私と同じ下宿にいた慈恵の医学生の山崎と結婚しました。つまり、はる子は私と山崎との二人に同時に身体を許していたのです。大正十三年六月にはる子と再会し、ふたたび情交関係を持ちましたが、そのとき三千円も渡していますし、その金できまりはついているはずです。そういう女ですからね、誰の子どもだか判ったものではありません。たしかに、はる子は先月の十日、「これがあんたの子です」といって生後四ヶ月の女の子を見せに来ましたが、追い返してやりましたよ〉

司法主任は、岡田はる子が早川隆三支店長に女の子を見せたのが三月十日だったと聞き、例の「子攫い」は解決したぞと思った。その岡田はる子こそ、高木文子を誘拐した「細面、色白の物凄い美人」にちがいない。

さっそく落合町上落合一二〇三の岡田はる子方に踏み込むと、はる子は赤ん坊におかゆを与えているところだった。

「岡田はる子、その赤ん坊はおまえの生んだ子どもではあるまい。その子は去る三月十日午後、目白一五六五先の空地でおまえがかどわかした高木家の次女文子だろう。おまえは早川隆三支店長に〈見せ子〉をする必要があった。それで早川隆三支店長とよく似た顔立ちの赤ん坊を探し出し、盗んだのだ。どうだな？」

岡田はる子は数秒の間ぽかんとしていたが、やがてにっこり笑って、

「おそれいりました。でもよくわかりましたわねえ。ごくろうさまでした」

と長火鉢ににじり寄り、

「ちょうど一本つけたところです。わたしのたしなむお酒だから甘口ですけど、刑事さん、いっぱいいかが」

刑事に向って艶然《えんぜん》といった。刑事は後年、ある娯楽雑誌の編集者に「部下が一緒だったから『ばかなことをいうな』と叱《しか》りつけて引っ張ってきましたが、私ひとりだったら……、どうなっていたかわからない。それぐらい佳《い》い女でしたわ」（「フリー日本」一九四六年十月号）と語っている。筆者はひょんな機会から岡田はる子の訊問調書を見る機会を得たので、

彼女に対する目白署司法警察官杉田五郎警部補の訊問から、この美女の創意工夫を追って行ってみよう。その前に岡田はる子の略歴だが、一九〇一（明治三十四）年の生れで、虎之門女学校へ上る寸前に小石川区関ロ水道町の地主岡田三五郎家へ貰《もら》われている。女学校卒業と同時に、市内の山崎小児科病院に嫁いだが、新夫の早川医学士がドイツへ留学することを知り、ちょうど身籠《みごも》っていた彼女は堕胎薬を服用し、七ヶ月の男の子をおろしてしまった。

「おまえは妊娠している。だからドイツへ連れてってやることはできないよ」

と夫にいわれて、おろしてしまったのだった。「子どもはまだ授かる機会がある。でも、夫とは片時も離れては暮せない」と判断したわけだ。現在では、これは褒《ほ》められる処置かもしれない。だが当時としては、これは一種の危険思想だった。「そんなおそろしい嫁をうちに置いておくことはできない」というので、嫁に行って九ヶ月で離縁になった。そのとき、はる子はまだ十八歳だった。

十九歳の春、神田錦町の敷物問屋へ後妻に入ったが、ここも二年で離縁になる。琴に凝った末、お師匠さんの免状をとり、弟子に教えはじめたのが、敷物問屋の家風に合わなかったらしい。はる子は、自分は結婚に向かない女だと思った。自立しよう。琴の学校を建てよう。……しかしそれには金が要る。そこではる子は「分娩業」をこっそりと開業した。

客は左の四人である。

①四谷区信濃町五八番の郵便局長沢田春夫。
②東京市外淀橋町の大地主で、はる子の住む家の家主大沢大三郎。
③深川千田町の建設会社社長で東京帝大卒の工学士の倉橋某。
④三陽銀行目白支店長の早川隆三。

この四人から三万九千円を集金したのだが、その方法は、

杉田五郎警部補ノ問　いづれの場合も虚偽の妊娠を申し立てたわけだな。
岡田はる子ノ答　はい。
問　虚偽の妊娠であることが先方には分らなかつたのか。
答　私には妊娠の経験がありますので、お腹に、月数《つきかず》に合はせて綿を入れて、心もち肩で呼吸するやうに致しました。
問　先方は医師に診せるとは云はなかつたのか。
答　私の方から医師の証明書をあらかじめ郵送しておきました。

問　医師は誰か。

答　私が小児科の病院に嫁いだことがありますので、検案書をつくることも存じて居りましたので、落合町の金子印刷所で百枚印刷を依頼して帝大病院の検案書を作り使用いたしました。

問　しかし、なかには倉橋工学士のやうに毎日、同棲してをつた者もゐた筈だ。どうして虚偽の妊娠を見抜けなかつたと思ふか。

答　私は毎日密かに空気枕をお腹に入れて居りました。一度妊娠の経験がありますので段々にそれを大きくして妊娠に見せかけたので、ゴムは体温で暖まり皮膚と同様な手障《てざは》りが致しましたから。

問　先方はおろせとは云はなかつたか。

答　たいていさう申されます。次に相手にしなくなり、私が「どうあつても妊娠だ。赤ちやんが生れたらどうなさいます」と手紙や電話で申しますと「妊娠なら子が生まれませうよ。その時子供を拝見してからご返事します」とおつしやいます。そこで臨月になりますと……

問　虚偽の臨月だな。

答　はい。子供を拾ひにまゐります。先方とよく似た子供を探すのでございます。

では、岡田はる子はどこへ子どもを探しに出かけたのか。たとえば一九二六（大正十五）年四月八日の時事新報はこう書く。

「先月東京駅降車口の待合室に男女両児を捨てた親が自首したかと思ふと、本月の二日午後五時三十分、同駅着の列車中に生後間もない女児を置き去りにした者があつたり、其矢先又も七日午前三時半頃、同駅乗車口三等待合室に二歳位の女児を捨て警察のお情けにすがつた者があつた。東京駅派出の日比谷署員がけたたましい子供の泣き声を聞きつけ、見ると待合室のベンチの上に古いバスケットを置き、メリンス模様の袷にちやん〳〵こを着せ、手に大きな大福饅頭を持つた女の子が更紗のねんねこばんてんにくるんで寄せかけてあつた。置手紙もあつて、それに曰く。『拝啓　書面にて警察様にお願ひ致します。さて私は有る深い深いかたるにかたられぬ事情の為め自分の身のふり方がつかず一そうの事此の子を残し自分は死ぬかくごはしたなれど、死んだとて子供は尚もふびんを増すばかり、それよりも私はおにになつたつもりで此子をここへおきざりをしますから、どうぞあはれと思ひ警官様のおなさけで養育園へ送りとどけ、どうぞふびんと思ひお助け下さる様幾重にもお願ひ致します。尚此子をいただきに上るときは大正拾五年四月七日清子とたづねていただきに上ります』と片仮名まじりの女手で書かれてあつた。何者の捨児とも判明しないので七時半、麴町区役所の手に引き渡し、直に板橋の養育院に送った」

答　……此の頃は捨児が多うございますから、東京駅、上野駅、横浜駅へ足繁くまゐりまして見付けます。それでもだめな時は板橋の養育院へまゐります。私のお相手は金持ばかりですから、そこへ引き取られれば、まあまあ仕合せだらうと存じまして。

問　里親探しのつもりか。

答　私も貰はれつ子のひとりでございます。ですから養子縁組の手助けのつもりでやってをりました。

筆者にはどう考えても、そう悪い女には思われぬが、岡田はる子は後で無期懲役になった。高木文子を誘拐したのがやはりたたったのである。それにしても犯罪は、たしかにその時代の意匠である。

愛国者H十七号事件

第一次世界大戦がはじまったとき、ドイツは世界中に約五千人の女性スパイを放っていたといわれる。男性スパイとなるとこれはもう際限がない。たとえば次のような例がある。

一九一〇年、ベルリンに本社のあるビクトリア保険会社が、事業拡張の名目でパリに支店を設けた。このパリ支店の社員は百人をこえたが、現地採用の社員は女性に限られ、男性社員は全員、ベルリン本社から赴任してきた。そしてその赴任の方法が変っていた。徒歩なのだった。リュックサックを背負って徒歩で国境を越えて入国してくるのである。男性社員たちは長くても六ヶ月で転勤になった。転勤といってもマドリッドやロンドンやローマへ回されるのではなく、判で捺《お》したようにベルリン本社へ呼び戻されるのだった。入国時と同様に、彼等はまた徒歩で仏独国境を越えて行った。

フランスの第三課（諜報機関）はビクトリア保険会社のパリ支店に、自分の息のかかった女を送り込み、この奇妙な転勤の秘密を探ろうとしたが、むろんこれは探るまでもない。後日のためにドイツは保険会社の社員に身体でフランスの地形を覚えさせようとしていたのである。事実、大戦のはじまる寸前、ビクトリア保険会社のかつてのパリ支店社員たちはひとりのこらず召集され、やがて国境をまた徒歩で越えたのである。ただし今度は軍服を着て、鉄砲を構え、道案内人として。当時のドイツ陸軍の大立物のひとりである小モルトケ将軍は事あるたびに「一人の優秀なるスパイは一個師団の兵力に匹敵し得る」といっていたが、とにかくドイツはスパイを使うことに熱心だった。ドイツ人は現実的であり、堅実であるという世評が高いが、かくもスパイ活動に信をおいているところをみると、根は案外ロマンチックなのかもしれない。

「五千人いた」といわれるドイツの女性スパイのほとんどはドイツ人ではなかったようである。すくなくとも大物の女性スパイは（ドイツ人たちから見て）外国人だった。たとえば愛国者W三号とドイツ軍首脳部から呼ばれていた「現代のクレオパトラ」こと、デスピナ・ストーチ夫人はトルコの貴族の娘だった。デスピナは十九歳でフランス人と結婚してパリに出た。だが二年で夫と別れてニューヨークへ移り、またたく間に社交界の花形となった。ブロードウェイの小屋主がある演《だ》し物の主演女優に誘いに来たほど美しかった。東洋の貴族の娘という出自もアメリカでは珍重された。だがデスピナをスターにしたのはその金使いの派手さである。むろん金の出所はドイツで、デスピナの使命は連合国側に武器や救援物資を送っているアメリカの造船所、軍需品工場、鉱山など三十数ヶ所を一斉に爆破することにあった。つまり爆破工作の指令塔だった。J・P・モルガン財閥の高級社員まで味方に引き入れて計画されたこの爆破工作は実行寸前に洩《も》れ、デスピナは逮捕されたが、彼女はそのショックで心臓が停まり、死んだ。計画によほど自信があったようで、露見するとは思ってもいなかったのだ。もっとも、覚悟の自殺だったと主張する研究家もいる。捕まると知って彼女は咄嗟《とっさ》に毒を嚥下《えんか》したのだ、と。スパイはその職務の性質もあって、自分の仕事を発表したり、自伝を公にしたりせぬので、なにが真相で、なにが俗説かわからない。したがってデスピナの最期《さいご》がショック死か自殺か、どっちが正しいかは永遠の謎《なぞ》である。

同じく愛国者Q三十八号と呼ばれていた「虎の目」はベルギー女性だった。「虎の目」はベルギー軍高級将校から入手したリエージュ要塞の秘密地図をドイツに二十万マルクで売っている。だが、彼女の使った名前は三十以上もあり、どれが本名かはわからない。

そして愛国者H十七号ことマタハリは、国籍は不明だが、ドイツ人でないことだけはたしかである。

マタハリについても分らないことだらけである。一説によると、マタハリは一八八九(明治二十二)年、ジャワのバタビア(ジャカルタ)に生れたといわれる。父親はオランダ人で、母親は日本人だったという。また別の説は一八七六(明治九)年の生れで、父親がジャワ人、母親はオランダ人だったと唱える。第三の説は、生年を一八八一(明治十四)

年とし、母親がジャワ人で父親がオランダ人とする。さっぱり分らない。

マタハリ自身がパリで新聞記者に与えた答がある。それはこうだ。

「わたしはインドのさる王家の娘である。わたしは仏《ほとけ》の使い女《め》である。年齢《とし》？　いつ生れた？　そんなこと訊《き》くものじゃないわ」

本人の言っていることが一番あてにならない。

とにかく諸説を見較べて大よその見当をくだすと、両親のどっちかがオランダ人で、どっちかがジャワ人、バタビア生れ、彼女が銃殺されたのは一九一七（大正六）年十月十五日早朝だが、このとき三十代後半だった、といったあたりが妥当なところだろう。

本名だけは判明している。ゲルトルート・マルガレーテ・ツェレである。

一九一〇（明治四十三）年、マタハリはパリで脚光を浴びる。そのときの彼女の肩書は「いまパリで最も美しく、最も蠱惑《こわく》的なストリップティーザー」だった。ではそれまでの彼女の経歴はどんなものだったか。これも大きくわけて二つの説がある。

ひとつは、十二歳で父親と死別し、すぐ母親が再婚したので、バタビアのヒンズー教寺院に預けられたとする。その寺院で彼女は、力強さと優雅さとをあわせもつ、腕や手首や指の繊細な動きと、諸関節を中心にした人形振りに特徴のあるジャワ舞踊を習得した。十八歳になった彼女は母の許《もと》に戻るが、間もなく母のなかだちでヴェルニーというフランス将校と会った。ヴェルニー中尉は現地妻を探していたのである。

もっとも数年後、ヴェルニー中尉は彼女を伴ってパリに引き揚げているから、相当に気に入られたのだろう。パリに来て驚いたことに、ヴェルニー中尉の実家は大変な財産家だった。彼女は夫にねだってバレー学校へ通うことになる。さらに数年後、彼女はちょっと知られたバレーの踊り手となり、パリのオペラ座と出演契約を結ぶ。

この説はここが弱い。二十歳を過ぎた主婦がバレー学校へ通うのはいいとしても、数年間の精進で、オペラ座専属の踊り手になれるものだろうか。晩学すぎて身体が硬くてだめなのではないか。それとも毎日浴びるほど酢でも飲んだのか。

なお、バレーに熱中している間に、夫はさる上流夫人と出来ていた。これが離婚の原因となる。

オペラ座では一景持たせられ、彼女はジャワ舞踊とバレーを加えて二で割ったような演し物を踊ったという。当時のオペラ座のプログラムを瞥見《べっけん》する機会があったが、ゲルトルート・マルガレーテ・ツェレという名も、ヴェルニーもマタハリも見つけることはできなかった。他の名前で出ていたのだろうか。

ある日、オペラ座へムーランルージュの支配人がやってきて引き抜きにかかる。……

別の説では、こうである。

少女時代に彼女の両親の、オランダ人ではない方が病死した。そこで彼女は両親の、ジャワ人でない方に伴われてオランダへ行った。娘時代はバレーに熱中した。十八歳のときにマクレオドという陸軍大尉と結婚し、夫についてボルネオ、スマトラ、ジャワを転々とした。この時分にジャワ舞踊を学んだ。夫との間に子どもが二人授かった。が、うちの一人は病死した。

夫はアル中患者だった。酒を飲むときまって暴力をふるった。彼女は子どもを連れて家出をし、マルセイユ行きの貨客船に乗った。半年後、彼女はマルセイユの酒場で踊っていた。船員相手の酒場でバレーやジャワ舞踊は通用しない。どこで手に入れたのか彼女は錦蛇を首に巻いて客の前にあらわれ、錦蛇を男根に見たてて踊った。二日に一度位の割合で客とも寝た。

客のひとりにパリでちょっとした酒場を経営している男がいた。男は、自分の酒場の客にこの蛇踊りはもっと受けるだろうと考え、彼女を引き抜いた。パリでも彼女は客と寝た。ムーランルージュが出演交渉にきたのは、彼女がパリにやってきてから半年たった一九一〇年の春のことである。

こうして諸説は、マタハリがムーランルージュと契約したところでひとつにまとまる。ところでマタハリというのはマレー語である。ムーランルージュでの芸名で、彼女が自分でつけたものだが、この芸名の意味についても諸説はさまざまにいう。「朝の目」「暁のひとみ」「明け方の明眸《めいぼう》」「午前の目」……。いずれもちがう。たしかにマレー語の辞典を引けば、

mata……目、瞳、目つき。

hari……中日、昼、昼間。

とあるが、これは熟語である。mata hari とつづけて「太陽、日輪」と解するのが正しい。太陽から派生した意味として「心眼、教訓、戒律」もあるが、これではストリッパーの芸名にはならない。

ムーランルージュに出演するようになると、まずマタハリは子どもをブリュッセル郊外の学校へ預けて身軽になった。終演後はあちこちの夜会に顔を出し、男客を物色した。マタハリは一流ホテルを住居にして暮していたが、宿泊料で出演料が消えてしまう。身体を元手にして衣裳《いしょう》代を稼ぐ必要があった。

客種は上等だった。ポアンカレ仏大統領やヴァン・デル・リンデルオランダ大統領も彼女の客だったといわれる。小物の客にはベルリンの警視総監がいた。

このベルリン警視総監の肝煎《きもい》りで一九一二（明治四十五）年には、ドイツの各地で公演を行っている。はじめの数回はひどい不入りだったが、やがてマタハリの出演する劇場に客

が殺到するようになった。総監が警察を動かし、警察が人々を劇場へ追い立てたからである。

パリに戻ったマタハリは郊外に大邸宅を構えた。使用人は三人。スイス人一家で、父は運転手、母は料理番、娘は小間使をつとめた。あとでわかったことだが、ドイツ軍はこの年からマタハリに毎年十四万マルクずつ払っている。これだけあればもう生活費の心配はいらない。自邸を訪れるフランス政府高官が睦言《むつごと》とごっちゃにして洩らすさまざまな情報をドイツ将校に渡すことで莫大な金を受けとっていながら、奇妙なことにマタハリは無政府主義者をもって任じていた。マタハリはイギリスのジャーナリスト、テンプル・サーストンとのインタビューでこういう。

「戦争って、政府と政府の戦いでしょう。人間が戦うわけじゃないわ。だからどこが勝とうが全然、気にしてないわね。でも、戦争の意義は認めないでもない。だって戦争でもなかったら、男なんて処罰されっこないもの。戦争をしたい男は、みな戦争をするがいいのだわ。そうすれば政府がほろびる。無政府状態がやってくる。無政府状態というと、たいていの人たちは『滅茶苦茶な』とか、『悲惨な』ということばを思いうかべるでしょう。でもわたしはちがう。『楽園』ってことばが頭に浮んでくるの。……そうね、無政府主義者と書いてもらっていいわよ」（『スパイの肖像』）

マタハリがフランスのどんな機密をドイツに売り渡したのか、はっきりしていない。ただ彼女は、一九一五（大正四）年ごろから、第三課のラペルクという課員を自邸に引き込んでおり、かなりの量の情報がドイツへ流されたとみてまちがいない。「無政府主義者」の彼女はドイツの機密をラペルクに渡した。そのせいで、ドイツの潜水艦が二隻《せき》、フランス海軍によって沈められた。

マタハリがドイツのスパイであると見抜いたのはイギリスだった。第一次大戦中に、イギリスがヨーロッパ戦線へ送った武器のなかで、最もドイツ軍を悩ましたのは戦車だった。そこでマタハリに「ロンドンへ行き、イギリス戦車の設計図を盗み出してくるように」という密命が下った。マタハリはロンドンに行き、戦車隊付きの将校をたらし込み、設計図を手に入れた。が、それをホテルのロビーに置き忘れてしまう。マタハリに尾行がつくようになり、彼女はそれを察してフランスに引き揚げた。当然、そのことはイギリスの情報部からフランスの第三課へ連絡される。

ところが情夫のラペルクが変った男で（というよりはやはりマタハリを心底から愛していたのだろう）、「第三課が君を捕えようとしているよ」と打ち明けてくれた。マタハリはあわただしくスペインへ逃れる。

だが、間が悪いことに、スペインに逃げ出した翌日、ブリュッセルの学校に行っていた子どもが休暇でパリへ戻ってきた。ラペルクからの手紙でそのことを知ったマタハリは危険を承知でフランスへ引き返す。そして、パリの邸宅から子どもの手をひいて逃げようとしているところを逮捕された。ラペルクが手紙を出してから心変りをし、裏切ったのである。そんなに愛していないながらなぜマタハリを裏切ったのか。後にラペルクは取調官にこう答えている。

「マタハリが常日頃から、子どもと一緒にジャワへ帰りたい、といっていたのを思い出したからです。マタハリはきっと子どもに会いにパリへ戻ってくるにちがいない。そして子どもと会えば、今度こそジャワ行きを実行するだろう。そうなるともうマタハリとは会えなくなります。そこでわたしは……」

一九一七年七月二十五日、マタハリは死刑を宣告された。危険を覚悟してわが子に会いに戻ったということが、フランス女性たちの同情を買い、助命運動がはじめられた。またオランダ大統領ヴァン・デル・リンデルはオランダ女王に、

「マタハリはどうやらオランダの国籍を有しているらしく思われます。彼女をわが国に引きとってやりたいと存じます」

と進言した。だが、女王は意外に下世話に通じていて、

「あの女は無政府主義者だというではないか。オランダ政府が命を救ってやっても、あの

女、ありがたいと思うかしら」

とその進言をしりぞけた。リンデルはそれでも諦《あきら》め切れず、助命嘆願の密使をポアンカレ仏大統領の許へ送った。密使はほどなく、

「一九〇七年の『陸戦ノ法規慣例ニ関スル規則（ハーグ陸戦規則）』に照しても、スパイを自国内で捕えた場合、フランスは自国の軍事刑法や普通刑法によって厳刑に処する権利は認められていると考える」

というポアンカレの返事を持って空《むな》しく戻ってきた。

曖昧模糊《あいまいもこ》とした、そして興味本位の俗説や説話のなかから、本当と思われる断片を拾い上げ、つなぎ合せてマタハリの生涯を綴《つづ》ってきたが、彼女の最期だけははっきりしている。十月十五日の朝、ヴァンサンヌ刑場の広場の左側に、とくに観覧を許されて、パリの名士が詰めかけていたからである。この名士たちが処刑の一部始終を後世に伝える役目を果した。

マタハリは黒貂《てん》の襟つきのドレスを着ていた。目隠しをするようにといわれたが、彼女は、

「十二個の銃弾がわたしに向って飛んでくるのを見ていたいから」

と断わった。午前六時すぎ、マタハリは十一個の弾を浴びて死んだ。ひとりだけ狙《ねら》いを

外した兵士がいたらしい。国籍不明の女は国を売った罪によって銃殺されたが、果して彼女に売る国があったかどうか疑問である。

信濃川バラバラ事件

人を殺害して後《のち》、死体をいくつにも切断の上、行李《こうり》やトランクに詰めて川や海へ流し、山に埋め、あるいはコンクリートで固めて放置するやり方、いわゆるバラバラ事件がこの国ではいつごろから行われるようになったのか大いに興味がある。かっとなって逆上し、その上、酒でも入っていたら、あまり度胸があるとはいえない自分にも殺人は可能だろう。現に、かつてわたしは家人や数人のディレクターや若干名の編集者や三人ぐらいの作家や五、六人の批評家や大勢の政治家や大金持に殺意を抱いたことがある。もっとも相手もわたしに対してその時は殺意を持ったにちがいないからお合い子の五分と五分であるが、しかし殺すことはできても、死体を切り刻むのは、これは確信をもって言い切れるが、わたしには出来ない相談である。他人をバラバラにするぐらいなら、自分がバラバラにされた方がずっと気が楽だ。そういうわけで、自分に出来ないことをやってのけるバラバラ事件の犯人に尊敬と興味を抱いているのであるが、バラバラ事件の歴史は、この国においては意外に浅い。わたしに見落しがなければ、はっきり記録にのこっているものとしては、一九一九（大正八）年六月の、この「信濃川バラバラ事件」がその濫觴《らんしょう》である。犯人は東京帝国大学農学部出身で、農商務省の高等官だった。さすがは東大、犯罪の分野においても東大出身者は新機軸を生み出し重きをなしている。

一九一九年六月六日午前九時すぎ、男なら銭湯の三助、女なら看護婦を日本で最も多く出すことで知られていた新潟県の、信濃川下流の大河津村で、二十八歳の牛乳配達人で古沢太作という者が、川岸に赤革製のトランクの漂着しているのを見つけた。長さ二尺四寸、横一尺三寸、深さ七寸三分の、ごくありふれたトランクである。古沢太作は、

（ははーん、この上流《かみ》の信越線浦村鉄橋の上で乗客のだれかが誤って汽車から落っことしたのだな）

と思った。そういうことがそれまでにもしばしばあったのだ。そこで拾い上げて派出所に届けておいてやろうと考え、トランクを引き揚げて何気なく内部《なか》を覗《のぞ》くと、中身は両手両足を切断された男の胴体一個、腕が二本である。古沢太作は四つん這《ば》いで這いながら、半里離れた派出所へ届け出た。腰を抜かしてしまい立って歩けなかったのだ。

翌七日午後、堤防の上に張りめぐらせた天幕の中で死体検案が行われた。執刀は新潟医専教授の川村博士で、三時間後に次の如《ごと》き検案書が新潟地方裁判所へ提出された。

①トランクには「KY」という記号が打ち込まれている。

②死体は鋭利なる刃物にて頭部を切断し、両足は大腿部より切断、骨は鋸様のものにて挽切り、両手胴体のみにて他に外傷なし。栄養佳良の方。
③陰毛及び腋毛は白髪混りなるを以て年齢五十歳前後ならん。右手指先より左手指先の間を計るに五尺八寸あるを以て、身長の推定五尺五寸位なり。
④胃中を検するに鱒（焼魚）、奈良漬、椎茸、白菜、米飯あり。食後一時間以上二時間以内の兇行なり。
⑤着衣には純毛織の長袖襯衣《シャツ》を着し絹袖の長股引を穿《は》き、襯衣には英国製の商標あり。
⑥トランクには臭気を防ぐ為ナフタリンを撒布しあり。（⑦以下は割愛）

この検案書が提出されて間もなく信濃川のさらに下流で首と両足を詰めた別のトランクが発見された。さらに近くの長岡駅詰赤帽の石沢福次郎（四十三）、長谷川熊太郎（三十五）が捜査本部に出頭し、

「その赤革のトランク二個はわたしどもが運びました」

と証言した。

「今月三日の朝八時、長岡駅に一等旅客が二人、下車しました。前夜八時に上野駅を発った新潟行の急行列車でございます。その二人の一等旅客は、一人は鼠《ねずみ》色の背広服でチョ

ビ髭《ひげ》、もう一人は和服にパナマ帽の金縁眼鏡で、わたしどもがトランクを持つと『中身は、由緒ある瀬戸物じゃ。そうっと運んでくれなきゃ困る』と注意したのでした。それでわたしどもは手車に乗せて人力車溜り場まで運んだのでありました」

チョビ髭と金縁眼鏡を乗せた人力車夫が捜査本部に呼び出された。車夫はこう答えた。

「そのお客様なら西長岡停車場前の旅館柳屋で降りました」

旅館柳屋の主人の陳述は、

「そのお二人なら、しばらくおやすみになりました。で、午後四時頃、外出なさいまして、間もなく近くに住む船頭の高野久蔵さんと一緒に戻っておいでなさった。そして、勘定をおすましになって、トランクともども出て行かれました」

船頭の高野久蔵（五十二）は怯《おび》えながら捜査本部へやって来、しばらくためらっていたが、やがて一気にこう述べた。

「十数年前、わたしは長岡中学の生徒を家に下宿させておりました。山田憲《けん》という、長岡中学はじまって以来の大秀才で、近くの南蒲原《みなみかんばら》郡中之島村の山田医院の長男です。この憲坊っちゃまは長岡中学から金沢四高へ進まれ、さらに駒場農科大学（東京帝大農学部）にお入りになり、三年前の大正五年、九番で御卒業になりました。なんでも昨年の四月には農商務省に外米管理部が設置されるや、首席技師に大抜擢《ばってき》なされた由、わがことのように喜んでおったところでございます。……さて三日の午後、わたしの家へおいでなさったのは、渡辺惣蔵とおっしゃるお方で、憲坊っちゃまの助手。この渡辺さんは新潟県直江津《なおえつ》の御出身で、同じように金沢の四高から駒場農科大学へ進み、昨年七月御卒業なさっておいでです。金縁眼鏡の、いかにも頭のよさそうなお方でした。もう一人、チョビ髭の御仁《ごじん》は、東京麻布区網代町の白米商で山田庄平さんとおっしゃいます。憲坊っちゃまの従兄弟《いとこ》だそうで。お二人はわたしにこう申されました。

『われわれは山田憲先生の代理の者だが、じつはこの二個のトランクを憲先生の実家へ届けるよう頼まれている。中之島まで船を出してくれないか』

　憲坊っちゃまのお仕事を断わったりしては罰が当る。わたしは自分の持船の五間船を出して、トランクを積み込み、お二人をお乗せ申しました。ところが、信濃川へ漕ぎ入れてしばらくしてから、渡辺さんがこうおっしゃった。

『じつはトランクの中身は戦時禁制品なのだ。憲先生がおっしゃるには、御法度物を所持しているわけには行かぬ。おまえ、信濃川へでも捨てて来い。船頭は久蔵に頼め……』

　渡辺さんは、憲坊っちゃまから預かってきたといって、わたしに五円くださった。そこでわたしは船を岸に着け、大きな石を十個以上も船に積み込み、又、船を出して、川の中ほどへ漕ぎ進め、細引でトランクに石をいくつも縛りつけると、川の中へ投げ込んだのでございます。お二人は与板町で船からお上りになりましたが……」

捜査は、高野久蔵のこの証言を得て急速に進捗《しんちょく》する。与板町に上陸した渡辺惣蔵と山田庄平は、人力車で長岡へ引き返し、遊廓栃尾楼に登楼、芸妓ふみ、せつ、愛子の三人を揚げてドンチャン騒ぎをし、その後、渡辺惣蔵は娼妓たみを、山田庄平は芳江を敵娼《あいかた》に、明け方まで抱きづめにして、一番の上り急行で上野に向ったということも判明した。トランクの記号「KY」は、明らかに「山田憲」が持主だということを指し示している。主犯は山田憲にちがいない。新潟県警察部は奈良捜査係長を上京させた。

ところが、奈良捜査係長が警視庁で事件の概要を説明しているところへ、山田憲が渡辺惣蔵を連れて乗り込んできて正力《しょうりき》監察官に面会を求めた。

「正力先輩、わたしの家に居候している帝大出の農学士で渡辺惣蔵という者がたいへんなことを仕出かしてしまいました。信濃川のバラバラ事件の犯人は自分である、とわたしに白状したのです。被害者は横浜の外米問屋の鈴木弁蔵氏だそうで……。ひとつよろしくおねがいします」

正力監察官に渡辺惣蔵を押しつけると、山田憲は風のように去った。ところでこの正力監察官とは、後の読売新聞社主の正力松太郎のことである。金沢の四高では柔道部の猛者《もさ》として鳴した。正力が東京帝大法学部へ進むと入れかわるようにして、山田憲が四高柔道部へ入部した。正力は夏休みや冬休みに富山へ帰省するたびに、きっと四高柔道部に顔を出し、後輩たちに稽古《けいこ》をつけたり、禅の話をしたりした。そんなわけで二人は互いによく識っていたのである。

正力監察官が渡辺惣蔵を奈良捜査係長と警視庁の鈴木捜査係長に引き渡すと、奈良捜査係長がいった。

「真犯人は山田憲です。トランクにKYとあったのがなによりの証拠です。渡辺は、なにか理由があって山田憲を庇《かば》っているんです。ひとりで罪を背負い込もうとしているにちがいありません」

「信じられん」

正力監察官がいった。

「山田は帝大卒だよ。農商務省の高等官だよ。おまけに山田の奥さんは静岡県選出代議士漆間《うるしま》民夫先生の二番目のお嬢さんなのだよ。末は大臣まで行く男だ。それに、山田は親分肌の男で、貧書生を何人も抱え、学資はもちろんのこと衣食住すべての面倒をみてやっている。……だいたい山田は柔道初段だ。柔道をする人間に悪者はおらんよ」

二人の捜査係長は、とにかく一度だけでいいから山田憲を調べさせてほしいと正力監察官に喰《く》い下った。正力監察官は、山田憲がいつだったか、

「外米問屋の連中はまるで大衆の吸血鬼です。殺してもあき足らぬ強欲非道な奴輩《どはい》です」

と意気まいていたことを思い出した。そこで二人の捜査係長にこう告げた。

「わたしは黙るよ。好きにやりたまえ」

ところでこの事件の背景を理解するために、前年の四月に出された外米管理令（勅令である）について触れる必要があるだろう。「第一次世界大戦中の急速な資本主義の発展による（米）の需要の増大にたいし、寄生地主制下の米生産が追い付くことができなかったこと、このため米商人や地主の買占め・売り惜しみが盛んになったこと、政府が外米輸入関税撤廃などの手段を地主・商人の利益のためとらなかったことなどに起因し」（東洋経済新報社刊『日本近現代史辞典』の松尾尊兊の解説による「米騒動」の項より）て、米価が暴騰しはじめたので、政府はあわてて農商務省に臨時外米管理部を設け、その管理部に特定の外米問屋を指名させ、独占的に外米の買入れと売捌《うりさば》きをまかせることにした。売買価格は農商務省が定める公定価によることとし、利潤は手数料として取扱百斤に付き三十銭を給する。万一損失があれば政府が補償する。——これが外米管理令だった。手数料は僅少《きんしょう》だが、全国民の毎日の主食を扱うのだから金額は莫大にのぼる。しかも損しっこなしの独占事業である。《まずい外米でうまい商売》をしようと、全国の輸入業者が猛烈な売り込みをはじめた。どの国の外米を買うのか。外米問屋はどこにするのか。これを決定するのが首席技師の山田憲の仕事だ。当然、業者たちは山田憲を買収にかかる。特に熱心だったのが、横浜の鈴木弁蔵商店と東京の湯浅商店だった。鈴木弁蔵は毎日のように三越の呉服切手を送りつけてきた。山田憲は一枚残らず切手を送り返し、鈴木弁蔵を指定商から除外した。湯浅商店の買収はさらに露骨で、山田憲はついに腹を立て裁判沙汰《ざた》にした。湯浅商店の取締役山下卓爾と外米係主任小沢三郎はおかげでそれぞれ罰金百円に処せられている。なにかの参考にそのときの判決文の一部を掲げておこう。

合名会社湯浅商店ノ取締役山下卓爾、外米係主任小沢三郎ハ共謀ノ上、山田憲ガ官命ニ依リ、外国米産地ノ状況及各指定商ノ買付価格並其ノ品質等ニ付調査監督ノ為、印度方面ニ出張スベキ由ヲ聞知シ、憲出発ノ前日タル大正七年六月二日、荏原郡大崎町字上大崎長者丸二七五番地山田憲方ニ於テ、餞別名下ニ、価格五十円ノ腕巻金側時計一個ヲ差出シ、賄賂ノ提供ヲ為シタルモノナリ。

もっとも湯浅商店は農商務省の、より上層部へも鼻薬を撒き散しておいたらしく、三井物産、大阪の岩井商店、神戸の鈴木商店と肩を並べてすんなりと指定商におさまってしまったが。

さて、二人の捜査係長は山田憲を警視庁に連行し、取調べをはじめた。半日間、山田憲は沈黙し通したが、深夜になって突然、ケラケラと笑い出し、

「いかにも自分が鈴木弁蔵を殺害した。五月三十一日夜、やつを自宅へ呼び出し、渡辺惣蔵と二人がかりで絞め殺したのだ」

と白状した。

「鈴木弁蔵のような男を生かしておいてはならんと思った。それが殺害の動機である。なにしろあの男は、自分の前でぬけぬけと『昨年の米騒動の時はうまく立ちまわって、五十万円も儲《もう》けましたぜ。それにうちの倉庫にはいま、売り惜しみ在庫が七万石もある。どうです、山田さん、ひとつ仲よく手を組んで儲けませんか』などと言うのだ。許せるかね、こういう欲の塊りを。そこでわたしはやつを殺すことに決め、どうせ殺すなら五万円ぐらい、やつから金を引き出してやれと思った。わたしは貧書生を数名預かっている。その費用を稼ぐために米相場を張っているのだが、このところ七千円ばかり損が出た。五万円で損の穴埋めをし、残りを育英金に充《あ》てようという計画だった。五万円は五月のはじめに受け取った。もちろん指定商追加の準備金という名目でね。……殺害場所はわたしの自宅。バラバラ指定商追加の件で話がある、うまく行きそうだ、といったらよろこんで出て来たね。バラバラにしたのは物置の中だ。……ああいう成金は殺されてしかるべきさ。世間もわたしの

行為を支持してくれると信じている」
共犯の渡辺惣蔵は後に『懺悔録』を書いているが、その中にこんな一節がある。
《……深編笠に手錠をかけられ、法廷に引きずり出されて数千の傍聴の群集に呪詛と嘲笑とをもって迎えられたときは全くびっくりいたしました。／それまではむしろ痛快なことをやってのけたぐらいに考えて、すべての人、ことに若い人びとの讃美を予想していたのです。しかるに案外なこのありさまを見て絶望の断崖に蹴《け》落《お》とされたような気がいたしました。／未決監の独居房に還ってわれわれのやったことはそんなに悪かったのかなあと考えました。》
山田憲は死刑、渡辺惣蔵は懲役十五年、山田庄平は懲役一年六箇月だった。「憲は覚悟を定めて最敬礼し惣蔵は嬉しさの余り裁判長を仰いで目をしばたたいたが直ぐ気付いて首を垂れた。此時傍聴席からもアーッといふ吐息が起る。想ふに惣蔵の刑が予想したより軽かつた為であらう」（大正八年十二月三日付報知）
一九二一（大正十）年四月三日、山田憲の刑が執行されたが、その四十数日前の憲の様子を宮島主任弁護士は次のように言う。「先月の二十五日に山田と面会したが、覚悟を定めてゐるので非常にニコニコと快活に話をし、血色も良く肉付等も少しも衰へが無くなつてゐた。彼は第一審で殺人の動機が金が欲しい為めではなく、奸商を憎むの余りであるといふ事が認められて安心して瞑目出来るやうになつたのと、一方仏教書を読みつづけて安心立命に似たものを得たので、何事も思ひ残すことが無くなつたのである」（大正十年三月十一日付読売）

なお、この本邦初のバラバラ事件は通常「鈴弁殺し」あるいは「山憲事件」と呼ばれている。

熊毛ギロチン事件

一

山口県熊毛《くまげ》郡周辺は考古学者には早くから知られていた土地である。日本一大きな白銅鏡を出土した柳井《やない》の茶臼山《ちゃうすやま》古墳、本州でただひとつ神籠石《こうごいし》（山腹や丘などを数キロメートルにわたって切石の列でめぐらした山城。北九州に多い）のある石城山《いわきさん》、平生町《ひらおちょう》岩田《いわた》の縄文遺跡、同じく平生町佐賀《さが》の一〇〇メートルに及ぶ白鳥古墳など、珍しい遺蹟が多いからである。

旅好きの人にも「熊毛」の名は親しい。周防灘《すおうなだ》に突出する熊毛半島（＝室津《むろつ》半島）の先端の皇座山《おうざさん》（五二七メートル）からの西瀬戸内海の眺めは、まさに「絶景！　雄大！　感動！……絶句！」に値いするとされているからである。

また移民史に詳しい方にも、熊毛は忘れられない地名のひとつだ。山口県はお隣の広島県と肩を並べる移民県だが、熊毛からはとりわけ大勢の移民がハワイやアメリカに向けて海を渡って行ったからである。

だが、われわれの大部分は昭和二十六年（一九五一）まで熊毛という地名にはうとかった。この年の一月二十四日夜、熊毛郡田布施町《たぶせちょう》（当時・同郡麻郷《おごう》村）字八海《やかい》に殺人事件が発生し、われわれはようやく熊毛という変った名の郡名のあることを知ったのだった。この殺人事件は俗に「八海事件」といわれるが、『昭和史事典』（毎日新聞社）によれば、事件の大略はこうだ。

《……山口県熊毛郡麻郷村（現在・田布施町）字八海の早川惣兵衛、ヒサ夫婦（ともに六十四歳）が自宅で惨殺され一万数千円が奪われた事件。二十六日容疑者として近所の経木製造業吉岡晃（二十二）が逮捕され、警察の追及を受け「仲間五人でやった」と自白したため、人夫などをしていた阿藤周平（二十四）、久永隆一（二十二）、稲田実（二十三）、松崎孝義（二十一）が続いて逮捕された。裁判では吉岡の単独犯か、阿藤らをふくむ多数犯かが、検察・弁護の間で争われ、最高裁へ三回上告されたすえ、四十三年十月二十五日、「阿藤ら四人は無罪」の判決が出て十七年ぶりに結着がついた。この間、弁護士正木ひろしは三十年三月、著書『裁判官』で一、二審判決を批判、これらに対して時の最高裁長官田中耕太郎は「裁判官は雑音に耳をかすな」と訓示、映画「真昼の暗黒」（今井正監督）も三十一年に製作された。一方、同年、一審担当の藤崎晙《あきら》裁判長は著書「八海事件」で正木と対決するなど社会的反響の大きな事件だった。吉岡は二審（二十八年九月）の無期懲役の判決に従い服罪》。

このように熊毛郡田布施町の警官たちはこの八海事件でキリキリ舞いを演じたのであったが、じつはキリキリ舞いはこれが最初ではなかった。田布施町の警官たちは、この十五年前にもある事件でキリキリ舞いをさせられたのだった。その事件が無名のまま埋もれてしまったのは、すべてがあまりにも突飛で信じがたく、そこでだれも信じようとしなかったせいだろう。だれも信じようとしないものは、だれにもひろまらない。

二

この田布施町に名倉という集落がある。昭和十一年（一九三六）十一月十一日、名倉の中田信二というお百姓が妻と一緒に、自宅から東へ三町ばかり行った小川の土手の下にある田んぼへ稲刈に出かけた。二人はその日の夕方駅の裏で天幕を張る木暮サーカスを観《み》に行く予定があったので大車輪で鎌をふるい、正午前には殆《ほとん》どそのへんの田んぼを刈り終えていた。サーカスがやってきたとなればお祭さわぎである。しかもこの年は稲の出来も悪くなく、さらにこのあたりの田を仕上げればそれで穫《と》り入れは終る。結構が三つも重なって夫婦は始終にこにこしていた。

刈り終えてあとは稲を干す仕事が残った。その前に昼食をとり、三十分ばかり昼寝をしようということになった。午後三時までには家へ帰れるだろう。だとすれば午後五時の開演には悠々と間に合う。

中田信二は横になる前に一服をと思い、煙管《きせる》の火皿に刻み煙草《たばこ》を詰めた。だが、生憎なことにマッチがない。持つのを忘れて家を出てしまったらしい。そこで信二は堤防の上に建つ山本秋二の小屋へマッチを借りに行くことにした。山本秋二の小屋までは一町もない。家まで三町も戻るよりはずっと早い。

だいたい、この信二というお百姓は、小屋の住人の山本秋二がこの頃、日雇いにも出ずに小屋でじっとしていることを知っていた。それに山本秋二が、奇妙に焚火《たきび》が好きで、そのせいかマッチをたくさん集めていることも知っている。火はかならず山本秋二の小屋で手に入れることができるにちがいない。

ところが小屋の、幅三尺、高さ五尺余の板戸には、青竹と縄で戸締りがしてあった。もっと正確には、青竹を、板戸と板壁に打ちつけた五寸釘に閂《かんぬき》がわりに渡し、その部分を縄でぎりぎりと縛ってあった。

「あいかわらず気のおかしい奴《やつ》だ。縄をほどいて青竹を外せば子どもにだって板戸は開けられるのだから」

とにかく小屋に入ってマッチを借りようと思い、中田信二は縄ほどきにかかりながら、板戸の隙間《すきま》から内部《なか》を覗《のぞ》き込んだ。そして啣《くわ》えていた煙管を地面に落っことしてしまった。土間に山本秋二が仆《たお》れていた。それも首と胴とがほとんど離れ離れになって。首と胴の間に、藁《わら》を切る押切《おしぎ》りがあった。そして傍に重そうな麻袋……。

中田信二から「山本秋二変死」の届け出を受けた駐在所の宗田・河野の両巡査は現場を調べ、状況を平生《ひらお》警察署と岩国支部検事局に報告した。その時の電話報告書（十一日夜九時）が残っている。こうである。

「……トタン屋根の秋二の家は一坪半余の掘立小屋で四面ともに板拵《ごしら》ひであるがその一側には三尺幅の板戸の入口がある。この入口には六尺余の細い青竹一本と締め縄様の一本の縄とで戸外から戸締りした様な模様が窺《うかが》はれる。而して又この戸の外側には擦過乃至《ないし》飛沫様の小さい血痕様の汚斑がある。秋二は小屋内の庭（土間のこと。井上註）で首を切断され死亡してゐる。怪奇なるこの変死事件は当職等に於て捜査中なれども検事の出張を願ひたい」

だれもが他殺だと考えた。なにしろ板戸には外から青竹の閂がかけられている。また、自分で、自分の首を、左側の皮一枚残して、こんなにも見事に切断できるだろうか。さらに板戸には返り血らしいのが散っているではないか。……犯人がいる。犯人は戸外で山本秋二の首を押切りで切断した後、なにもかも小屋の中へ運び込み、しかるのちに板戸に閂をして立ち去ったのだ。そうとしか考えられない。その夜はサーカスの虎が檻《おり》から飛び出しかけたりもし（さいわい調教師がすぐ虎を檻の中へ追い返したが）、田布施町の、たいていの家の電灯が煌々《こうこう》と点《つ》いたままだったという。人びとは興奮し、また気味悪くも思い、とても眠るどころではなかったのである。

「もし、山本秋二がだれかに殺されたのだとしたら、犯人は決まっている」

だれもが胸の裡《うち》ではこう考えていた。

「秋二の伯父の栄吉さんにちがいない」

三

秋二の一家は大正六年（一九一七）にハワイへ移住した。小学校を卒《お》えて家の田仕事や畑仕事を手伝っていた秋二も、両親や兄たちと共にハワイへ渡った。ハワイ移住は、冒頭でもちらと触れたように、このあたりではすこしも珍しいことではない。

《(日本から) ハワイへの第一回・第二回船(明治十八年=一八八五)における県別渡航者数では(略)広島・山口両県の出身者が圧倒的に多かったし、また明治三十一年(一八九八)以降四十一年(一九〇八)までの外務省移民統計でも、この両県からの移民がいちじるしく多いことがわかる。すなわち広島県移民は毎年全国の五分の一を上回り(一年平均約四千二百名)、山口県も一割以上(一年平均約二千名)の割合を占めている。(略)山口県では東半分の周防《すおう》に属する大島郡・玖珂《くが》郡・熊毛郡・都濃《つの》郡・佐波《さば》郡からの移民が多く、とくにその東南部に位置する大島・玖珂・熊毛の三郡に集中し……》

(石田寛・石川友紀「移民」。講談社版『日本の文化地理』第十四巻所収)

ところが三年後の大正九年(一九二〇)春、ハワイの甘蔗《かんしょ》園から秋二がたった一人で舞い戻ってきた。強度のノイローゼにかかってしまって足手まとい、そこで彼の父が田布施町の兄、すなわち山本栄吉に秋二を托《たく》したのだった(なお、さまざま手を尽してノイローゼの原因を調べたが、わからずじまいだった)。伯父栄吉は自宅の空地に小屋を建ててやり、野良仕事を手伝わせたり、日雇《ひよう》取りの仕事をとってやったりした。そして十六年経った。この間《かん》の秋二は、まったく無口ではあったが、こまかく指示してやればそれなりに一所懸命働くので、日雇取りの仕事も途切れず、なんとか自活できていたようである。

だが、昭和十年（一九三五）の秋ごろから、すこし様子がおかしくなった。夜、女世帯の家のまわりをウロウロうろつくので、栄吉がきびしく叱《しか》ったところ、日中は小屋に閉じこもった切り、出て来ない。夜になると枯枝枯草などを集めて焚火をする。小学校から古机を持ち出して焚火にくべる。あちこちの納屋《なや》の板壁を剝《は》がし、看板を集め、とうとう近所の軒下から薪まで持ってきてしまうようになった。

非監置精神病者として平生警察署が秋二の監視をはじめた。隣近所からのきつい申し入れもあって、栄吉は小屋を新しく堤防の上に建て、そこへ秋二を移した。

「栄吉さんは秋二に手を焼いている。いつぞやは酒に酔って『秋二を殺して、おれも死ぬ』と泣いていた。だから……、犯人は栄吉さんにちがいない」

翌十二日の朝、岩国支部検事局から西山検事、野村書記、大島医師の三人が到着、所轄平生警察署からは屋根内《やねうち》署長と田中司法主任が参加して現場検証が行われ、謎《なぞ》は半分とけた。まず、小屋は六尺六寸と十尺七寸の掘立小屋である。内部は畳が三枚敷ける広さ。一坪は土間、半坪に畳が一枚、敷いてある。土間の、畳と接するところに押切りが固定してある。そして麻袋には砂がぎっしり詰まっていた。目方を計ってみると八貫余。なお麻袋の口は布縄できりりと縛ってあるが、その布縄の一方の端は約五尺ぐらいも長い。鋭い切口。

注目すべきは、押切りの真上に棟木があること。土間からその棟木まで六尺六寸余。土間には長さ一尺五寸の丸太が二本。土間に杭《くい》が斜めに打ち込んであって、布縄が縛りつけられている。麻袋の布縄と同質同材。杭の布縄の一方の端の切口も鋭く、両者の切口を合せてみるとピタリと合う。検証調書はさらにいう。

「押切りの真上に六尺六寸の高所にある棟木には、かねて蓄積せる煤煙塵埃の新しく擦り落された幅一尺二寸余の擦過痕跡が窺はれる。秋二の屍体は袷《あわせ》一枚と兵子帯《へこおび》で、両肌を胸の辺りまで脱ぎ、両足にゴム草履を穿き、左側臥位をとつてゐる。その頸部は押切りの刃（長さ二尺四寸幅四寸）の略《ほぼ》中程で首の大半が切断せられてゐるので、頭部は押切り刃部の一側に、頸部は他の一側に在《あ》る。押切りの刃、鞘、台及びその両側の地面には血痕が著明に窺はれる。そして秋二の屍体の右手の下には一本の、何物の汚染もない鋭利な日本剃刀《かみそり》がある。」

四

つまり、これは八貫余の砂袋の重さを利用したギロチンだったのだ。棟木に高々と砂袋を吊す。押切りの刃の下に頸《くび》を入れて、砂袋を吊し支えている布縄を日本剃刀で切る。すると砂袋が落下し、その重みが「装置」を作動させるという仕掛けだ。じつは細部にもっとさまざまな工夫がしてあるのだが、その工夫をいちいち説明していると、怖くて筆が震える。現在は真夜中なので余計怖い。おまけに外では雨がシトシト降っている。どこかで野良猫が唸《うな》っている……。それになにより紙幅が限られてもいるし。さあれ原理は右の如《ごと》くであった。がしかし解けずに残った謎が警官たちをイラつかせた。土間に沁《し》み込んだ大量の血は、「現場」が小屋の中であることを証明している。板戸の表側の血は、「現場」の血と同じくB型で、しかも古い。そこで板戸の血は、今回の事件とは関係ないと見てよい。

大島医師も、

「自殺なりと思惟す」

と鑑定している。では、ほんとうに自殺か。すると板戸を外から戸締りしたのはだれだろうか。

「やはり秋二は殺されたのだ」

噂《うわさ》はますます高くなる。

「あの仕掛けに秋二を押し込むのは、栄吉さんひとりじゃ無理かもしれん。とすると秋二の焚火癖に腹を立てていた近所の連中が、皆でやったのだろう。そうに決まっている」

人びとは発見者の中田信二たちをもなんとなく避けるようになった。捨ててはおけず、警官たちは聞き込みを続けた。

ところが一週間後に、事件は秋二自身の手によって解決をみた。十一月十八日の午前、山本栄吉宅へ一通の封書が配達された。いや、正しくは「返送されてきた」というべきか。差出人は山本栄吉。名宛《なあて》人は、

北海道函館市布哇町一番六号
山本権兵衛様

封筒の表には「返送。函館市に布哇町はありません」と朱書した符箋《ふせん》が貼《は》ってある。布哇はハワイと読む。函館にそんな町名があるわけはない。それに栄吉はそんな手紙を書いたおぼえもない。おかしいなと思いながら封を切った。中に便箋が一枚。

伯父さん、長い間有難う御座居ました。私は明日、昭和十一年十一月十一日に断頭台江《え》登ります。忘れないで下さい。11・11・11です。左様奈良。秋二より。

11・11・11……！　土間に転っていた長さ一尺五寸の二本の丸太、あれを立てれば「11」だ。ぴんと閃《ひらめ》いて栄吉は小屋へ駆けて行った。案の定、小屋の外側、ある一側、板壁から一寸も離れていないところに、丸太の切口の角《かど》が刻んだ凹《へっこ》みがふたつ見つかった。つまり秋二は板戸の表から閂をかけた後、小屋を押し傾けて丸太でつっかい棒をかい、その隙間から小屋の中へ潜り込んだのだ。そうして、内部から支柱を外し、密室に仕立ててから「装置」を取り付けにかかったわけである。出鱈目《でたらめ》な宛名を書いた例の手紙が返送されてくるまでの間、秋二は伯父にささやかな贈物をしたのだ。恐怖、あるいは緊張という名の贈物を。そして町の人びとには噂話のたのしみを贈ったのかもしれない。

主要参考資料　法務省刑事局検察資料・香川卓二『法医学夜話』

海賊船「大輝丸」事件

一

大正十一年（一九二二）九月十七日、「青い眼《め》をしたお人形はアメリカ生れのセルロイド……」という童謡（野口雨情作詞、本居長世作曲）が流行《はや》っていた東京の芝浦桟橋から、一隻《せき》の貨物船が出て行った。船名を「大輝丸」といい、全長一八一呎《フィート》（約五五メートル）、二本マストの頑丈な鉄船で、七四〇トン。東京湾は、その日、波が高く、六十名の乗組員たちは、離岸後、十分もしないうちに船内のあちこちで吐きはじめた。というのも大部分の者が船乗りではなかったせいである。半数の三十名が東京深川の人夫周旋業の宮田周二という親方が狩り集めた人夫たちだった。さらに十三名が千葉市の土建業田中三木蔵配下の道路工夫であり、残る十七名も学生や失業者。船に酔って当然、酔わない方がどうかしている。

乗り組みたちも変っていたが、積荷ときたらもっと面妖《めんよう》で、船倉には二百人を三ヶ月間は充分に養うことのできる食糧が積み込んであった。その内訳は、白米五十俵、メリケン粉五百袋、味噌十五樽《たる》、醬油《しょうゆ》二十樽、漬物十五樽、砂糖五俵、ビール四打《ダース》入りが十一箱、日本酒四斗樽四本、ウィスキー三百本。その他に、蠟燭《ろうそく》やら薬やら地下足袋やらがどっさり。さらに奇妙なのは、短槍や木刀や袖搦《そでがら》みまで積んであったことである。袖搦みというのは、逃げる者の袖や裾《すそ》にからませて身体《からだ》の自由を奪う武具である。

大輝丸は東京湾の出口でしばらく迷っていたが、やがて船首を一八〇度転換させて館山《たてやま》港に入った。暴風雨がはげしくなったために、館山港に避難したのだった。大輝丸は暴風雨をやりすごすためにこの港に三泊するが、三晩のうちに脱走者が四名も出た。船倉の武器の山に疑問を抱いて逃げ出したのである。

〈東京市の多額納税者で貴族院議員の中村万之助閣下は、オホーツク近海の砂金鉱の採掘権を持っておいでだが、その砂金鉱は現在、赤軍（革命政府軍）と白軍（反革命政府軍）によって掘り荒され、双方の軍資金になっている。これはまことに残念であるし、商業上の道義にも反する。そこで中村閣下に資金の援助を仰ぎ、有志が砂金を採りに行くことになった。勿論、砂金鉱は各地に散らばっており、赤軍も白軍も手をつけていない鉱山に入る計画であるから危険は全くない。砂金は少く見積っても六千貫はあるはずであり、その半分を我々にくださることになっている。振《ふる》って参加されよ。我々の取り分を除いた砂金

はすべて国家に上納し、全国労働者の救済に充《あ》てられる予定である〉

乗り組みたちはこう口説かれて乗船したのだが、「危険は全くない」はずなのに、なぜかくもおびただしい武器が準備されているのだろうか。勘の働く連中は、きな臭さを感じて、さっそく逃げ出したのだった。

二

九月二十日、暴風雨が去ると同時に大輝丸は館山港を抜錨《ばつびょう》し、東京湾外へ出るや針路を北にとった。海は凪《な》ぎ、平穏無事な航海がつづく。乗り組みたちは、朝夕、船橋に立って、行く手を睨《にら》みつけるように見つめる大男のいることに気がつきはじめた。

「あの大男が中村万之助閣下を動かして、今度の計画を実現させた江連《えづれ》団長だそうだ」

消息通が小声で傍の仲間に囁《ささや》く。そして噂《うわさ》はたちまち船内にひろまった。

江連力一郎。三十五歳。茨城県結城《ゆうき》郡江川《えがわ》村の産。明治大学法科二年中退の後備砲兵軍曹。剣道、柔道、縄術、棒術、槍術、居合、手裏剣の奥儀に通じ、段位を全部合せると二十八、九段になるらしい、という噂も流れた。そして、「明大在学中に、父親が『いちいちその都度《つど》学資を渡すのは面倒でかなわん。ここに二千円あるから、これで学校を卒《お》えよ』と、学資を一括してくれたので、途端に中退して、上海、香港、シンガポール、マレー半島、ボルネオ、ジャワ、インドを渡り歩き、アフリカへ行こうとしたが、欧州大戦で船が西へ行ってくれぬので、仕方なく帰国したという風雲児だという。中村万之助閣下とは香港で知り合ったという話だ」という噂が囁かれはじめたころ、大輝丸は小樽《おたる》港に着いた。九月二十六日の夕刻である。小樽で二泊し、さらに北上、十月一日、北樺太《からふと》のアレクサンドロフスク港に入る。ここではじめて江連力一郎は乗り組みたちと話をした。ただしピストルを突きつけながら、である。

「オホーツク海は十二月から四月まで百五十日間、結氷に鎖《とざ》される。したがって砂金鉱へ行くのは自殺行為に等しいといってよい。そこでおれは計画を変更することにする。この間宮《まみや》海峡の向う露領沿海州の北端、黒竜江（アムール河）の河口のニコライエフスクには、わが同胞が血を流して取った鉄や木材がある。これを奪って皆で分配しようではないか。いやだとは言わさんぞ。内地を離れりゃこっちのものだ。おれが隊長で貴様らは部下だ。命令を聞かないものは、直ちに射殺する……」

江連が最初からニコライエフスク港を目的地としていたかどうかで、後世の議論は二つに分れる。甲の論は、

「やはり砂金採掘が目当てだったのだ」

という。

「それは、例の鉱山成金の中村万之助議員が江連の一党の資金提供者であることからも明らかではないか。じつは最初、江連たちはカネマン汽船所有の新栄丸という六八〇トンの貨物船を使う予定だった。ためしにこの新栄丸を九州若松《わかまつ》まで石炭積みに廻航させたら、瀬戸内海の周防《すおう》の片山島というところで坐礁《ざしょう》してしまったが、このカネマン汽船の社長が中村万之助議員である。むろん新栄丸も中村の持ち船。さらに新栄丸の代りをつとめることになった大輝丸は大阪の相沢汽船の所有であるが、相沢汽船はカネマン汽船の姉妹会社のようなものだし、江連は中村の口ききで大輝丸は《六十日間で三千五百円。保証金二千円。機関士つき》というべら棒に安い貸金で借りているし、その金も中村の懐から出ている。つまり江連は中村の意を体して砂金掘りに出かけたのさ。砂金掘りに武器はおかしいと反論する人がいるが、砂金鉱にいつ赤軍が攻めてくるか知れやしない。自衛用のピストルや騎兵銃を持って行ったのだろう」

これに対し乙論はいう。

「いや、江連は尼港《にこう》事件のオトシマエをつけに出かけて行ったのだ。つまりロシアへの復讐《ふくしゅう》の念に燃えていたのである。砂金を掘りに、というのは偽装だった。その証拠に、江連は、北樺太のアレクサンドロフスクにあるサガレン州(樺太＝サハリンの古い呼び名)

派遣軍司令部の斎藤参謀から、歩兵銃百挺《ちょう》、弾丸一万発を提供されることになっていた。つまり、江連の本意は軍も一枚絡めた弔合戦にあったのである」

筆者は、〈江連は最初、甲論に基いて計画し、かつ行動していたが、結氷期のオホーツク海のおそろしさを知らされ、また、尼港が近いと肌で知った瞬間から乙論に鞍替えしたのではないか〉と見るが、ここで結論を出そうなどはせっかちすぎる、すこし踏みとどまって、尼港事件について考えてみることにしよう。筆者の私見で事件を一色に塗りたてるのはまずいので、「出来るだけ公正中立な歴史事典」からの引用によって、尼港事件を説明しよう。

三

「シベリア出兵《しゅっぺい》（一九一八・八月〜一九二二、大正七〜十一）ロシア革命にたいする干渉戦争。一九一八年（大正七）八月、連合軍はアメリカの提議で、（ロシア領内の）チェコスロバキア軍捕虜救済を名目にさしあたり二万五千名以内（日本軍一万二千名）の出兵を決定した。革命直後より寺内正毅内閣は、ロシア革命圧殺、シベリア分割に有利な地歩の獲得、満蒙の独占、中国本土への圧力強化、国内の政治的・社会的不安を外へそらす（出兵宣言の翌日に富山県に米騒動が勃発している。騒動は以後一道三府三十二県に波及する）などの目的をもって出兵を計画。一八年一月には居留民保護を口実としてウラジオストックに軍艦を送り、八月二日には日本は諸国に先んじて出兵を宣言、約束を無視して三カ月後には七万二千名を派遣し、東部シベリアを席巻した。一九年一月以来、パルチザンの活動、（日軍の）傀儡《かいらい》政権の没落、連合国人民の干渉反対運動、干渉軍の戦意の低下により干渉は失敗し、アメリカはまず二十年一月九日に撤兵を声明、他国も同年六月までに完全に退去したが、日本のみは居留民保護、朝鮮・満州（中国東北）への革命波及の防止などを口実に数万の兵をとどめた。しかしロシア人民の抵抗はいよいよ激しく、日本国内でも干渉反対の気運が高まり、またワシントン会議にみられる列強の圧迫もあって、二十二年六月、ようやく撤兵に決し、同年十月、完了した。しかし尼港事件賠償の保障占領と称して北樺太の占領は解かなかったが、二十五年五月これまた撤兵した。この八年間の戦費約十億円、死者三千五百名を数え、結局得るところ皆無のありさまで、日本帝国主義最初の重大な敗北であった」（『日本近現代史辞典』七八年四月刊。東洋経済新報社）

要約すれば、連合国はさまざまな理屈はつけながらも、ロシアの大政変につけ込み、シベリア分割を夢みて、火事場泥棒的出兵をしたのである。現在のソヴィエト政府から、われわれはなんだか油断のならないという印象を受けるが、その狷介《けんかい》な性格の何分の一かは、成立時の連合国列強のこのシベリア出兵が形づくったのではないか。自分の誕生を祝福してくれた国は一国とてない。いや、祝福してくれという贅沢《ぜいたく》なことはいわぬ、民族自決の原則にのっとって黙視してくれるならそれだけでありがたい。しかるに世界の主だった国が、自分たちの誕生時の非力を見越して、自国へ兵隊たちを何万と進駐させて来、自国の一部を分割し、占領しようとした。こういう辛《つら》い「幼児体験」を強制されたのだから、油断のならない大国に成長するのは当然だろう。「ソ連脅威論」を唱える前に、こういう史実をしっかりと踏んまえておきたい。向うからこっちを見れば、日本はソ連にとっては長い間、大いなる脅威でありつづけたのである。

このように平衡感覚をしっかり保って、冷静に、俗に「つきあいづらい隣人」といわれるソ連と交際することが大切だろう。おたがいに己れの隣人が気に染まなくても、現に隣人なのだから仕方がない。日本がそっくりアメリカのそばへ引っ越したいと思ったところで無理な相談なのである。支配もせず、支配もされず、同等の立場でうまくつき合うほかはない。さて、では、尼港事件とはなにか。

四

「ニコライエフスク Nikolaevsk 極東ロシア、アムール河（黒竜江）がオホーツク海に注ぐ河口付近に位置し、漁業の一大根拠地。尼港とよばれる。一九一八年九月、対ソ武力干渉の一環として日本国によって占領された。同守備隊は二十年三月、トリャピツィン（Ya. I. Tryapitsin）の率《ひき》いるパルチザン部隊の攻撃をうけ、領事館員、在留民とともに総勢七百余名（うち三百七十名が兵士）が全滅の悲運にあった。〈……〉この『尼港事件』の発生は、日本の干渉主義勢力によって『元寇《げんこう》以来の国辱』として反ソ世論を喚起、シベリア出兵政策を継続するために利用されるところとなった。日本政府は七月三日、同事件解決の保証として北樺太の占領を宣言した。〈……〉なおトリャピツィンは、同地退去後ソ連側で逮捕され、裁判をへて七月死刑を執行された」（『アジア歴史事典』六二年五月刊。平凡社）

この事件の半年後に、陸海軍省は『尼港三月事件の顚末《てんまつ》』という報告をまとめているが、それによると、一時は日本軍守備隊とトリャピツィンの赤衛軍との間に休戦協定が成立した、という。そして次に赤衛軍は、三月十一日に、「日本軍全部の武装解除を要求し、もしこれに応ぜざるときは武力に訴ふべく、その回答を十二日（二十年三月）正午までになすべき旨をのべて去れり。これにおいて、わが守備隊長石川少佐はもはや戦闘の避くべからざるを察し〈……〉自衛上断然十二日午前二時を期して敵を攻撃するに決し、ただちにこれをわが官民に伝へた」（『尼港三月事件の顚末』）

尼港事件については諸説があって、たとえば鶴見祐輔の『後藤新平』（一九三八）には、

「日本軍は露人の祭日における祝祭に乗じ、一挙してパルチザンを殲滅《せんめつ》せん時とし、在留人一同に武装させ、芸者に至るまで銃をとりてたちたりと伝へらる」

とある。ここで私見を挿入すれば、石川隊長はまず民間人を船で退避させて（船はあった）から、戦うべきだったろうと思うが、いまごろぶつくさいってもはじまらぬ。ただ、憲政会総裁の加藤高明《かとうたかあき》でさえもが、議会で、

「すみやかにシベリアから撤兵させよ。尼港事件の如《ごと》きは、日本の理由のない駐兵にともなう自然の出来事である」

と演説したことは記憶に値いする。

しかし江連力一郎にとっては、ロシアは憎むべき仇《かたき》であった。尼港＝ニコライエフスクのある沿海州を目前にして、ロシアに対する復讐心が燃えあがった。大輝丸は尼港付近を八日間、行きつ戻りつしていたが、十月十九日、間宮海峡でロシアの帆船ウエガー号を襲い、塩鮭百八十三樽、バラ積みの塩鮭三千尾、鱒《ます》二万尾、桜桃《おうとう》八十三樽、鮭腸の塩樽十七

樽、鯨油四十五樽、石油百二十缶、発動機三台を奪い、ウエガー号の船底を爆破し、沈めてしまった。乗組員はロシア人八名、中国人四名、朝鮮人一名の計十三名だったが、全員を日本刀で斬殺《ざんさつ》。さらに尼港上陸時の案内人としてランチもろとも雇い上げていたロシア人四名をも殺し、十一月六日小樽港に帰着、そこで解散した。

海賊行為をはじめるに当って船名をコールタールで塗り潰《つぶ》していたし、それなりに隠密《おんみつ》裡《り》に行動していたから、江連は「ばれるはずはない」と考えていたようであるが、乗り組みの一人が自首して出たのが運の尽きで、小樽上陸の一週間後の十一月十三日、妻のうめ（三十五）と札幌近くの温泉でのんびりくつろいでいるところを逮捕された。十二月十四日付の時事新報はいう。

「元兇江連は日本の国策に殉じたるものであると豪語し居り、妻うめは高襟の別嬪《べっぴん》である」

この事件の公判は東京地方裁判所で二年二ケ月にわたって行われ、大正十四年二月二十七日、主犯の江連は懲役十二年の刑に処せられた。ただし五年後に仮釈放となり、そのとき次の如き挨拶状《あいさつじょう》を各方面に発送している。

「……時去りぬる大正十一年こと志とちがひ、勃々《ぼつぼつ》たる愛国の熱情に燃えながら、つひに長蛇を逸して身は鉄窓呻吟の客となり、むなしく十年を人後に立つべく余儀なくされ候こと、あるひは毫釐《がうり》の差つひに千里の誤差を生じ、祖国百年の大計に重大なる支障を来たすことなきやを憂へては、慷慨悲憤断腸《かうがいひふんだんちやう》の感なきあたはず候。さりながら十年の苦修《くしう》いたづらに死児の齢《よはひ》を算して自らそこなふが如きこと決してこれなく、むしろ捲土重来《けんどちようらい》、宿志達成のため得がたき体験とし勉励いたし居り候……」

掠奪を愛国行為になぞらえて「負」を「正」に逆転させているところは、隅におけない巧智というべきで、この逆転を世間も熱烈に支持した。世間の支持が彼の仮釈放を実現させたといってもよい。つけ加えるまでもなく彼《か》の中村万之助閣下には何のお咎《とが》めもなかった。

「梅枝殺し」殺人事件

一

大阪朝日新聞が「世界的学者日本の誇／野口英世博士危篤／米国にて細菌学研究中窒扶斯《チブス》にて絶望との悲報」と書いたのは、大正六年（一九一七）の五月三十日の朝であるが、その夜更《よふ》け、正確には日付がかわって翌三十一日の午前二時三十分頃、大阪市西区阿波座《あわざ》下通り二丁目二十八番地路地内に住む大橋時次郎という老人が尿意を催して目をさまし、後架《こうか》へ立つために起きあがろうとした。

その時、路地を誰かが駆け抜けて去った。時次郎老人を驚かせたのは、その誰かの奇妙な足音で、シャリ、シャリ、シャリ、下駄でもなければ靴でもなく、地下足袋なら近いような気がするが、しかし地下足袋ともちがうようだった。時次郎老人はもともとが土方の頭《かしら》、地下足袋は履きなれていた。そこで「地下足袋ともちがう」と判断したのだが、それはとにかく、その足音にはなにか切迫したような調子がある。時次郎老人は下駄を突っかけて路地へ飛び出し、足音の走り去った方角を見た。人影はない。猫が一匹のっそりと路地を横切っただけである。家へ引き返そうとしたとき、下駄がジャリジャリと鳴った。足許《あしもと》に目を落すと、夜目にもはっきりそれと判るほど厚く白砂が撒かれており、路地の奥へ行くほどそれは厚味をましている感じである。

（だれがこんなもったいないことを……）

時次郎老人は白い砂の道をたどって路地の奥へと歩いて行った。二軒奥の落語家桂《かつら》梅《ばい》枝《し》の家から灯が洩《も》れている。何の気なしに内部《なか》を覗《のぞ》いた時次郎老人は——日頃から豪胆なことで近所合壁《がっぺき》に聞えていたのではあったけれども——がたがた震え出した。畳一帖ほどの土間をあがるとすぐ三畳間になるが、そこに桂梅枝の義理の娘、正確には内縁の妻の連れ子のソノ（当時二十歳）が朱に染って倒れていたのである。ソノの傍に血まみれの出刃庖《ぼう》丁《ちょう》が投げ出されていた。目の前の土間の新しい白木台に、灰色レザーの鼻緒つきの男下駄が揃《そろ》えてある。

「梅枝さん……」

時次郎老人は擦《かす》れ声で呼んだ。梅枝の家族は、主《あるじ》を入れて三人である。すなわち、梅枝（当時四十七歳）、内縁の妻の岩田フサ（当時四十四歳）、そして岩田フサの連れ子のソノの三人。そこで男下駄があるということは、梅枝が在宅している証拠だと、時次郎老人は思ったのである。梅枝の返事はなかった。かわりに三畳間につづく六畳間から呻《うめ》き声があがり、フサが畳を右手の爪で掻き毟《むし》っているのが見えた。時次郎老人は、がくがくする膝を両手でおさえつけながら、路地を出た。近くの四つ橋に交番がある。

二

これが世間からは「梅枝殺し」と呼ばれることになる殺人事件の発端である。梅枝が殺されたわけではないのに、なぜ「梅枝殺し」なのか。事件は二重の衝撃を梅枝に与えた。「内縁の」とはいえ、妻は妻である。その妻が全身十四ヶ所に創傷を浴びて殺された。とくに梅枝は妻の連れ子のソノを可愛いがっていたが、そのソノは全身を三十五ヶ所も切り刻まれた。愛する者二人の、このむごたらしい死。これが第一の衝撃だった。第二の衝撃は、この事件によって妻の不貞を知らされたことである。刑事たちは例の白砂の謎《なぞ》を解こうとして走り回っているうちに、加古喜太郎という履物問屋の主人が、フサとソノ母娘《おやこ》の「旦那」であることを嗅ぎ当てた。月十五円の手当てで、母娘もろとも加古喜太郎の外妾《そとめかけ》になっていたのである。梅枝が高座へ出かけると、母娘は近くの旅館に入り旦那の加古を待つ。加古がやってくる。待ちかねていた母娘は着物を脱ぎ、並んで寝る。そこで加古は

「鶯《うぐいす》の谷渡り」を演じて、母親フサの上で果てる。これがもう半年も続いていた。やがて加古の妻が夫の不身持を知った。番頭に母娘のあとを尾行させ、その住居を突きとめたのが五月三十日の夕方。加古の妻は、その夜おそく、番頭と共に砂を盛った荷車を引いて路地に入り込み、こっそり砂を撒いた。つまり殺された母娘が加古喜太郎の外妾だったことは、加古の妻が砂を買った業者から露見したのだが、当時、大阪などでは、妾の住居に妻たちが砂を撒くのが流行《はや》っていた。「縁切り砂」といって、これを撒いておくと夫の足が妾から遠ざかるようになり、ついには縁が切れると信じられていた。

いずれにせよ、この二重の衝撃で梅枝は今でいう失語症にかかってしまった。落語家が喋《しゃべ》れなくなってはおしまいである。この夜をかぎりに梅枝は高座を捨て、自分を廃人へと追い詰めてゆく。世間がこの事件を「梅枝殺し」と呼んだのはもっともなことだった。

なお、梅枝と加古の妻にはアリバイがあった。事件の夜の十一時すぎ、阿波座下通り二丁目の芦田麺類店の出前持芦田コマがソノの註文をうけてうどんを届けている（当時、大都市の中心部では、遅い出前はそう珍しいことではなかった）。出前持は母娘の元気な姿を見ているので、兇行《きょうこう》はそれ以後のことでなければならない。ところが加古の妻は午後十一時には自宅で手と足とを洗っていたし、梅枝は午前三時近くまで、「大阪桂派最後の元老」といわれていた三代目桂文三（俗に「めくらの文三」）の家に詰めていた。文三は糖る。

尿病で瀕死《ひんし》の床にあった。大阪桂派のひとりである梅枝が枕許に詰めていたのは当然である。

三

五月三十一日の夜までに三つの手掛りが重要なものとして残された。一つは例の男下駄である。二つは、三十一日未明、近くに住む白樫エィ（当時二十一歳）という芸者が大阪西警察署にやってきて行った証言である。白樫エィは次のように述べた。

「……午前二時三十分頃、わたしはお客さまと別れて四つ橋ビヤホールを出ました。明治橋角の郵便ポストまで来たとき、粗《あら》い絣の筒袖《つつそで》を着て兵児帯《へこおび》を締め、碁盤縞の鳥打帽をかぶった男が、北の方へ駆けて行くのを見ました。背は低くて五尺ぐらい、白足袋はだしの男でした。どうしてよく憶えているかと言いますと、その男はわたしを突き飛ばして逃げて行ったからです。『……憎ったらしいやつ、おまわりさんに言いつけてやるから』とぶつくさ言いながら、しっかり眼を据えて男の風体を見てやりました。だから見まちがいはありません」

三つは明治橋筋の明楽湯の向側、浅井薬店の軒下に捨てられていた白足袋である。九文七分と小さい。白樫エイの証言「背は低く五尺ぐらい、白足袋はだし」と符合する。甲馳《こはぜ》（いわゆる「爪」）には《〇《マル》に「成」の字入りの商標》があった。白足袋は血を吸って湿っていた。刑事たちは市内の甲馳店と下駄店を虱潰《しらみつぶ》しに調べはじめた。ここで付け加えておくと、兇器の出刃庖丁は被害者方の台所にあったもの。なお、金が盗まれたかどうかは不明。

ところで「梅枝」というのは由緒ある名で、とくに三代目が有名だ。三代目は明治の前半期、オッペケペ節でたいそうな当りをとったが、明治三十五年（一九〇二）に変死しており、この不幸な方の梅枝は四代目である。三代目とちがって地味な芸風だった。もっとも大阪桂派そのものが地味で、三代目の方が突然変異的存在だったといった方がいいかもしれない。加えて大阪落語界全体が谷底へ落ちつつあった。浪花節や活動写真がのしあがろうとしていたし、観客の方も変って来つつあった。落語はどうしても「通《つう》」という存在をつくり出す。訳《わけ》知りの、よく訓練された、高級な大衆を落語は育て、同時にそういう高級な大衆によって支えられる。ところが日清・日露戦役のあと、日本の工業化が進み出すと、地方から大都市への人口移動が目立つようになってきた。大都市が「訓練されない大衆」で混み合いはじめたのだ。訓練されない大衆は落語よりもっと感性的な、わかりやすい娯楽を求める。それが浪花節であり、活動写真だった。そしてすこし先回りしたことをいえば、訓練されない大衆はやがて万才という形を発見し、育てることになるだろう。梅枝の身の上に生じたこのむごたらしい殺人事件は、地味な落語の担い手の大阪桂派にさらに「陰気だな」という印象をつけ加えた。その意味ではこの事件は「梅枝殺し」というより、「落語殺し」と呼ばれたほうがより適切であったかもしれない。

岩田フサについては、意外な前歴が判明した。明治二十一、二年頃、すなわちフサが十五、六歳の時分、「常《とき》の家重尾《やしげお》」の一座で踊っていたことがわかったのだ。常の家重尾という女芸人は大変な人気があった。重尾はその頃二十二、三歳の美人、弟子の美少女たちを従えて舞台に正座し、

〽お竹さん、お竹さん、お前のネ、ボンボの毛が二本ェ、江戸まで届くね……

と唱う。すると美少女たちは（むろん重尾も、だが）、右の歌詞を英語（？）にかえて、

〽ミス・バンブ、ミス・バンブ、ユア・バルバア、ヘヤ・ロング、ハブ・リイチ・ツー・トウキョウ……

と囀《さえず》りながら、歌の切れ目、切れ目に、片足をかわるがわる客席へ伸ばす。

「裾は乱れる、股間《こかん》は割れる、かわいボンボの、しかめ面《つら》」という俗謡が流行ったぐらい人気をとった。明治二十一年十一月三日の天長節には、常打小屋の千日前・柴田席の二階桟敷が鮓詰《すしづ》めの男客をのせたまま落ちて、二十三名の重軽傷者を出したほどだった。この

御一新期《ごいっしん》のストリップ・ティーズのことを「へらへら」と称するが、フィナーレでは、美少女たちが裾《すそ》をからげて尻を客席へ突き出し、扇子で煽《あお》ぎ立てながら踊った。フサはこの一座に小鶴という芸名で出ていたらしい。

もとよりフサの前歴が判明したからといって事件が解決したりはしない。ただ年輩者の刑事たちが、

「へらへら一座にいた女なら、娘と相乗《あいの》りの旦那ぐらいはつくるかもしれないな」

と囁《ささや》き交したぐらいのものである。

四

六月八日、甲馳の製造者がわかった。大阪市南区順慶町二丁目の鈴木甲馳店が、鳥取県米子《よなご》町の足袋商成田福太郎商店の註文で作ったものだ、という。《○に「成」の字入り》は、成田福太郎商店の商標であることもわかった。係員が米子町へ出かけることになった。

これより先の六月六日、怨恨《えんこん》あるいは痴情説は遺留品から見ても薄い(たとえば痴情犯罪であれば、例外なく犯人は兇器を用意している。だが、犯人は出刃庖丁を被害者方の台所で見つけている)、これは流しの犯行ではないかという説が大勢を占めたので、府警察

部長は、全国三十六の刑務所又は分監あてに、左記の照会状を送付していた。

　客月三十一日午前二時頃管下大阪市西区阿波座下通り二丁目落語家梅枝事鹿野惣吉内縁の妻岩田フサ（当四十四年）及私生子ソノ（当二十年）の両名殺害被告事件あり。当時犯人の遺留品として○成《マルナリ》印の甲馳を附したる九文七分白足袋一足と白木下駄灰色レザー鼻緒附一足あり。如斯所持品を有する者貴所入監者にして最近放免せられ当地に帰住したる者無之候《これなくさうろ》也《や》、乍御手数《おてかずながら》御調査御回答相煩し度《たく》及照会候也《なり》。
追而《おつて》犯人の人相着衣明瞭ならざるも附近住民が兇行当夜現場附近を徘徊したる左記人相着衣の挙動不審者を実見したる趣に付此の点も併せて御調査相成度申添候也。

記

一、丈五尺、肉肥えたる方、粗き絣の筒袖を着し、兵児帯を締め、帽子は碁盤縞鳥打帽子を冠れり。以上

係員は成田福太郎商店に行き、例の血染めの足袋を主人にたしかめさせた。主人は、
「うちの足袋です。ただしうちの足袋は山陰一帯の二百五十一軒の小売店に卸しているので、この足袋がどこの小売店で売れたのかは判りません。……いいえ、大阪京都神戸へは

卸しておりません、山陰だけです」

と証言した。

係員はその十三軒を回って、犯人の人相と着衣の特徴を言ったが、はかばかしい答は得られなかった。大阪へ引き上げようとして、係員は遠くないところに刑務所があることを思い出した。先日の照会状がもう届いているにちがいない。一寸《ちょっと》寄って様子を聞き、それを署へのささやかな土産にしようと考えて、重い足を刑務所の方角へ向けた。

「今朝、回答書を投函したところですよ」

刑務所側の答は、まことにめざましいものだった。

「五月二十九日に釈放した竜野石松という男になにもかも符合します」

回答書の写しを見せてもらうと、こうである。

大阪市南区日本橋筋東二丁目四六一三番地

平民無職　山田吉松事

竜野石松

明治十五年十一月十三日生

一帰住見込　大阪市南区唐堀通新河原町

二前科　強姦未遂、窃盗逃走罪等六犯
三満期釈放日　大正六年五月二十九日
四性、短慮にして狡猾粗暴の癖あり。
五識別し易き人相の大要　頭髪極めて薄し、禿頭病類似のものか、鳥打帽を常用す。身長四尺八寸五分。肥肉《ふとりじし》、左手に桃に似たる文身《イレズミ》あり。
六釈放時の携帯品　メリヤス大小シャツ。メリヤスズボン。晒褌六尺。粗き絣の筒袖。更紗綿入羽織。財布。絹中絞兵児帯。手拭。白木の古下駄。古足袋。碁盤縞鳥打帽子。
七釈放時、下駄の横緒が切れて居るにより如何するかと問ひたるに刑務所附近にて新品を購入する旨申立て居りたり。以上。

五

ところで同じころ、大阪天王寺で無銭飲食で捕まった男がいた。余罪を追及しているところへ、西署から「五尺未満の小男で、左手首に桃の文身のある男を逃がすな」という連絡が入った。彼《か》の係員が夜行で帰阪し、管下の全警察署へ緊急手配したのである。
その男は小柄で、左手首に繃帯を巻いていた。ほどいてみると新しい火傷《やけど》があった。

「桃の文身を火傷のキズで消そうとしたのだな。……貴様は竜野石松だろう」

と詰め寄ると、男は素直に是認した。ただし、下駄と足袋については頑強に首を横に振った。

「横緒は繕って、ずーっと古下駄をはいている。そのおれが男物の新品下駄を脱ぎ捨てられるはずはない」

ある係員が遺留品の下駄の鼻緒をほぐした。芯《しん》は新聞紙でできていた。その年の三月二日付の鳥取新報だった。係員が――こんどは五名も――鳥取へ行き、鳥取新報購読者で下駄関係の仕事にたずさわるものを調べあげた。その苦心談は優に一冊の本にするに足るが、結果をいえば、県内八頭郡若桜町の成田市蔵商店の製品であることが判明した。ここから下駄の卸先《さき》が知れた。○成印の足袋ほど卸先が多くはなく、それからの捜査は楽だった。五軒目にたずねた鳥取市の北の外れの小さな店の主人が、五月二十九日の昼前に、たしかに小男に下駄を売った、手首に桃の文身があったのでよくおぼえている、と証言した。しかもその下駄屋の三軒先が○成印の足袋を扱う、足袋屋だった……。

こうして竜野石松と遺留品の下駄は完全につながったのである。竜野石松の自白によれば、

「娑婆《しゃば》は物価高で手持ちの銭がすぐなくなってしまった（米騒動の勃発はこの翌年）。そ

こで前に一度だけ訪ねたことのある梅枝のところへ無心に行ったんだ。おれは梅枝の噺《はなし》が好きでね、呼び出して御馳走《ごちそう》してやったことがある。そのとき梅枝はおれを一晩泊めてくれたのさ。ところが、あのババアと娘が、『金なんかないよ、帰れ帰れ』とずけずけ言いやがるので、そのうちカッとなって……。梅枝が帰ってくるまで大人しく待たせてくれたらよかったのに。それにしても下駄と足袋からバレるとは、これが本当の『足がつく』ってやつだ」

この落語好きの前科六犯は、自白にもオチをつけたという。月がかわって七月の十六日、例の「大阪桂派最後の元老」三代目桂文三が亡くなった。桂派落語の再興までは、それから半世紀近くも待たなければならないだろう。

福笑い殺人事件

一

敗戦後の日本の代表的な「風景」の一つにマーケットがある。駅前広場、あるいは盛り場から、ちょっと入ったところに露店に毛の生えた程度の棟割《むねわり》長屋風のしつらえ、遠くから眺めると単音ハモニカの吹口のようだ。その吹口の一個一個が、焼鳥屋だったり、小料理屋だったり、衣料品店だったり、時計店だったりする。たいていのものが、時には女さえも、マーケットには揃《そろ》っていた。またマーケットの入口と出口にはパチンコ屋があるというのが、だいたいの式目《きまり》で、パチンコの音と共に酒と小便の匂いが絶えずしていて、たそがれどきになると動物の脂肪を焼く煙が一帯に垂れこめ、昼間よりいっそう賑やかになる。働き蜂《ばち》たちはここで魂を宙外へ飛ばした。通り抜けるだけで動物脂肪の飛沫が衣服にびっしりとこびりつくような濃厚な空気がそこを全体に覆っており、そういう濃厚な空気と肌が合わないのか、銀行や信用金庫の支店だけはなかったな。

八王子市元横山町の八幡マーケットも、そういったものの典型だった。国鉄八王子駅から西北の方角へ六〇〇米《メートル》ぐらいのところに八幡神社というのがあるが、マーケットはこの八幡神社の境内に背を向けて建っていた。前は市立第一小学校のコンクリ塀なので、いわゆる片側町の体裁である。コンクリ塀は、夜間は酔客たちの便所になった。

昭和三十年の、節分でにぎわう二月三日の午後四時半、一人の女子高校生が、スレート葺《ぶ》き木造平屋、間口九尺、奥行き三間の店舗の並ぶこのマーケットへ入ってきた。少女は小料理店「みはる」の様子を見に来たのだ。「みはる」の経営者、小俣はる子（四十）は少女の実母だった。少女は母親と別居し、山梨県北都留《きたつる》郡島田村（現・上野原《うえのはら》市）の祖母の許《もと》から都下の高校に通学していた。週に一度、母親の店に寄って、村の様子や学校のことを話しながらこまごました用事をしてやったり、祖母に届けるお金をことづかったりするのがきまりだった。表のガラス戸が閉《しま》ってカーテンが引いてあるので、少女は裏へまわった。裏の開き戸には新しい南京錠《なんきんじょう》がかかっている。

（どこかに用足しにでも出かけたのね。入って待っていよう）

少女は表へ戻ってガラス戸をこじ開ける。そのときガラス戸の隙間《すきま》からガサリと読売新聞が落ちた。母親は朝刊も読んでいない。すると外泊したのだろうか。少女は一坪半の広さの板敷土間に足を踏み入れる。左側にカウンターがあり、その向うが調理場だ。右側はベニヤ板張り——このベニヤ板の壁も戦後の一時期の「風景」の一つである——その壁際に長さ六尺、幅二尺、高さ一尺余の板張りの腰掛けが据えつけられている。腰掛けの前に直径《さしわたし》二尺五寸の丸テーブルが一つ。正面に障子がある。障子の向うが三畳の座敷だ。少女は、座敷の炬燵《こたつ》の右側に、母親が、行儀よく前方へ俯伏《うつぶ》せに倒れているのを見た。顔を炬燵に向けている。奇妙なことに母親は、日本手拭を四折りにたたんだもので目隠しをしていた。口許は微かに笑い、舌が唇の外へちょろっと出ている。頸《くび》に太い麻縄が二重に巻きついていた。

二

その夜の九時までに次のことがわかった。

鼻孔には淡い赤色の多量の泡。舌先は唇の外に出ており、前歯で強く噛まれている。眼瞼にはたくさんの溢血点《いっけってん》、これは死因が窒息によるものであることを示している。頸部に深さ一糎《センチ》、幅一糎半の索溝《さっこう》が水平に走って、疑う余地もなく絞殺されたのである。左の後頭部に拳《こぶし》ほどの頭蓋骨陥没が見られる。絞殺してからビール瓶で殴ったのだ。

店内には物色のあとがはっきり残っている。キリンビールの空瓶が二本、フルヤキャラメルの空箱が一個、櫛《くし》に蜜柑《みかん》の皮にセルロイド製の針箱、盃二つに銚子七本、アルマイトのスキ焼鍋一枚などが散乱する中に、置時計やアルバムやビニール製手提鞄や衣紋《えもん》掛が混っていたのだ。少女は涙で頬を濡らしながら、

「母は、そのビニールの鞄に現金や印鑑や銀行の預金通帳をしまっておくのが常でした。鞄が空っぽなところをみると、盗まれたのだろうと思います」

といった。

刑事たちを途方に暮れさせたのは、被害者の目隠し鉢巻である。血痕その他の様子から見て、目隠しは死後されたものでは絶対にない。被害者は目隠しを喜んでされ、その上で絞殺された。これはどういうことか。

翌日、刑事の一人が、近くの三菱銀行八王子支店の細谷初代（二十七）という出納から、次の如《ごと》き証言を得た。

「昨三日の午前九時十分ごろ、ラクダ色のジャンパーの二十二、三歳の男が、小俣はる子さん名儀の普通預金の通帳から、三万三千円、おろして行きました。身長は五尺二、三寸、小肥りの丸顔で、唇と眼が腫れぼったい感じでした」

また、ベニヤ板二枚で隔たる右隣の飲食店「さつき」の経営者、中田一枝の証言はこうである。

「お隣とはベニヤ板の境ですから、おたがいに、店の様子が手にとるようにわかるんですよ。昨夜の、ちょうど十時に、お隣のはる子さんの『いらっしゃい、どうぞ』という声がしたので（あ、お客さんだな）と思いました。なぜ時間が、はっきりしているかといいますと、近くの共栄パチンコ店から閉店のベルと蛍の光のレコードが同時に聞えていたからです。共栄パチンコ店の閉店時間は午後十時なんです」

ちなみに前年の昭和二十九年、全国のパチンコ店は二万九四一六店に達し、パチンコ・ブームはその頂点にのぼりつめていた。

「……それから『おこたで飲みたいな。その方が家族的だもの』という声。『どうぞ、おこたの方へおあがりなさい。あなたは今日で三度目だわね。こちらさんは初めてかしら』『そうだよ。小母《おば》さんの店はとても気分がいいので連れてきたんだよ』『うれしいことといってくれるわね。今夜はうんとサービスしなくちゃ』『ほんとうに小母さんは一人でやっているのかい』『そうよ。マダムと女中が兼任だから大変よ』『小母さんは綺麗《きれい》だし、やさしいから、いい、旦那がついているんだろう？』『いないわよ、そんな人は。いま流行《はやり》の姉さん女房にでもなりたいけど、いい人いないかしら』『ぼくとじゃどう？』『そうね。宿題にして考えとくわ。……おやまあ、こちらさんはずいぶんムッツリ屋さんね。じゃ、お蜜柑でもたべていてよ。いまからお鍋の支度をするから。湯豆腐はどう？』『いいなあ』

……というような会話《やりとり》が聞えてきましたので、お客さんは二人だということがわかりました。その後のことは、わたし、店を閉めて住居の方へ引き揚げたので、わかりません」

三

被害者はる子の身の上は、こうである。山梨県北都留郡島田村の小学校校長の三女に生れた。都留高等女学校を優等の成績で出て、姉の嫁ぎ先である大阪に行き、阪急デパートに三年間つとめ、二十三歳で三菱銀行本店員と結婚し、台東区谷中《やなか》の初音町に住んだ。昭和十九年二月、実家に家族で疎開。夫は戦死。そこで当時、島田村にあった日本製靴株式会社の事務員になったが、その社の専務と関係ができて、教育者の父に叱られ、三人の子どもを実家に預けて八王子市に出た。それが昭和二十五年の春のこと。二十八年の春まで、市内の鮓屋《すしや》や飲食店を女中として転々としながら三十万円近い金を貯め、八幡マーケット内の「みはる」を買い取った。女中時代は客と寝て金を貰《もら》っていたらしいが、独立してからはきれいな商売を心掛けていて、浮いた噂《うわさ》はない。刑事たちは百十六、七名に及ぶ常連客を丁寧に当ったが、怪しい者は一人もいなかった。

十三日後の二月十五日、ビール瓶の破片から拇指《おやゆび》と中指の指紋が採取された。刑事たちは指紋原紙とのつけ合せをはじめた。やがてビール瓶の指紋が、大久保公文という、当年十九歳の、詐欺窃盗の検挙歴五回で、前年十二月二十八日に多摩少年院を退院した者の指紋原紙とぴたり符合することがたしかめられた。

被疑者大久保公文は、活動弁士大久保天来（六十六）の六男として、葛飾《かつしか》区金町《かなまち》に生れた。満二歳のとき、母親が家出して行方不明となり、以後は父親の手で育てられた。

昭和十二年の夏、父は郷里の広島市へ帰る。むろん公文も一緒だ。昭和二十年夏、公文の斜め頭上で地球で最初の原子爆弾が炸裂《さくれつ》した。焼け出された一家は、父の兄を頼って茨城県稲敷《いなしき》郡の江戸崎《えどさき》町へ移住した。公文の五回の詐欺窃盗は、いずれも同じパターンで繰り返された。

まず、飲食店の住込店員になる。骨身を惜しまず、陰日向なく、よく働く。主人は信用して売上げの勘定を委せるようになる。その時を狙《ねら》って、銭箱の中身を洗い浚《ざら》い持ち逃げしてしまう。金がなくなると捕まって練馬鑑別所や多摩少年院に入る……。〈感心な、働き者の少年店員。じつは……〉と途中でぶっ返りになるのである。このパターンは犯行の際もあらわれるのではないか、と刑事たちは考えた。〈手のかからない、申し分のないお客。じつは……〉といった按配《あんばい》に。

刑事たちは大久保公文のあとを追った。前年の十二月二十八日に多摩少年院から退院を許されてから一ヶ月ちょっとの間に、公文はすでに二件の窃盗を働いていた。

文京区駒込動坂町《どうざか》の柿沼楽団に雑役ボーイとして住み込み、一月二十一日の早朝、外套《がいとう》など六点、時価二万五千円相当を盗んで逃走。一月二十五日、赤羽《あかばね》の飲食店に住み込み、三十一日の朝、現金五千円を盗んで逃走。

公文の写真入りの手配書が五万枚刷られ、いたるところに貼《は》り出された。

四

二月二十六日の午後、墨田区東両国の飲食店の妻が銭湯に行き、脱衣場に貼り出されていた手配書を見て、

「あの公文ちゃんが……！」

と前を隠していた手拭を思わず取り落してしまった。彼女はかつて弁士大久保天来のファンで、天来もまた彼女の店をよく利用していた。天来はいつも公文を連れてやってきた。それで公文を知っていたのである。偶然にも、銭湯を出たところで彼女は公文とぱったり出逢《であ》う。小説家がこういう筋立てで物語を進展させると、必ず「御都合主義もきわまれり」と指弾されるが、現実は三文小説よりもはるかに御都合主義的である。

「久しぶりじゃないの。いま、いったいどうしているの」

と飲食店のおかみさんが問うと、公文が、

「どうって、遊んでいますよ」

と答えた。

「じゃ、うちの店を手伝ってくれないかしら。とにかく寄っていってよ。主人もいるし、きっと懐しがると思うわ」

公文が家に入るのを見届けると、彼女は隣家の主人を両国橋交番へと走らせた。

「……一月二十日に国電山手線の電車の中で、吉井房雄という友だちと出逢って『こう、ぱーっと遊びたいなあ』という話をしました。吉井君は多摩少年院時代の親友です」

八王子署の捜査本部へ押送された公文は、じつに淡々と犯行を自白した。

「そこで吉井君に手伝ってもらって柿沼楽団から外套その他を盗み出したのです。質に入れると一万円になりました。吉井君と二人でしばらく山谷のドヤに泊って、昼は映画を見物し、夜はパン助を買って遊びました。映画は二番館専門で、『七人の侍』だの、『二十四の瞳』だのをみました。そのうち金がなくなったので、赤羽の飲食店に住み込みました。そして七日目に金を盗んでまた逃げて、浅草で遊びました。……こんなことをちょこちょこやっていても仕方がない、どこかでどかんと大金を摑《つか》んで、派手に遊びたいと思いました。そのとき、八幡マーケットの『みはる』の小母さんのことを思い出したのです。ずっと先《せん》のこと、多摩少年院を出て、院外補導少年として元横山町のそばや『江戸芳』で出前持ちをしていた頃、店へよく『みはる』の小母さんが食事に来ていました。そのとき、小母さんが一人暮しで、だいぶ貯め込んでいると聞きましたし、とても綺麗でやさしそうなひとなので、その後、二度ばかり小母さんの店で飲み食いしたことがあります。そのとき小母さんが、ぼくを『江戸芳』の息子と感ちがいしているので、『そうです、三男坊です』というと、『道理で旦那さんそっくり』なんていって感心していました。……とにかく、あそこならゆっくり飲ませてくれる、お金もある、狙うならあそこだ、と思いました。吉井君に『みはる』の見取図を描いて説明しますと、彼はあまり乗り気ではありません。『交番が近すぎるし、悲鳴が隣へ聞えてしまう。やばいよ』『うんと酔わせて、棍棒かなんかでごつんとやれば、悲鳴をあげる暇もないと思うよ』『隣との境がベニヤ板の一枚や二枚じゃ、どうやったって筒抜けだ』……。そこで福笑いを思いついたのです。三人で福笑い遊びをする。小母さんの番になって目隠ししたら、そのときにひと思いに麻縄で……」

目隠しや口許の微かな笑みの謎が、これで解けた。

吉井房雄（二十一）も捕まったが、彼は公文のことを次のように評した。

「大久保君とは長いつきあいです。大久保君がやけくそ遊びをするようになったのは、去年の春ごろからです。前から『おれはピカドンにやられているから長くないんだ。だから生きていられる間は、遊べるだけ遊ばなくちゃ』というのが口癖でしたが、去年の春ごろからそれにシンニュウがかかってきて……」

刑事は、前年の三月、静岡県焼津港所属の第五福竜丸が南太平洋で操業中に、ビキニ環礁で行われた水爆実験による「死の灰」を浴びるという事件に思い当った。乗組員二十三名全員が原子病にかかり、半年後に久保山愛吉という無線長が亡くなったが、それが大久保公文の〈居直り窃盗〉に拍車をかけたのだろうか。

この年の九月末、二人は死刑の宣告を受けた。福笑いという奇妙な小道具（当然、それはベニヤ板壁という戦後風景を思い起させる）、無動機の底にひそむ動機（当然、それは原水爆の存在へと思いを至らせる）、そして未成年者にたいする異例の極刑。この三点で、筆者などには強烈な印象を与えた事件だった。

カスペ事件

一

一八九八（明治三十一）年、帝政ロシアはシベリア経営の大動脈ともなるべき東清鉄道の根拠地とするために、松花江《しょうかこう》右岸の小さな村をいくつか、清国から買収し、巨費を投じて、モスクワを手本にした町づくりをはじめた。ユダヤ系のロシア人たちが移住して来て、中心街に店を出した。

そのなかの一人にイヨシフ・カスペという者がおり、彼は小さなホテルを建てた。東清鉄道が敷かれると、この新造都市ハルビンは交通の要衝となった。松花江水運や東清鉄道によって、消費財が運び込まれ、大豆や小麦やコーリャンなどが運び出された。ロシアの当初の計画では、清国から買い入れたこの一万四千町歩の土地に人口十万の都市をつくることになっていた。しかし現実は常に机上の計算を追い抜く。人口はみるみる膨れあがり、たとえば三十六年後の一九三四（昭和九）年末には、五十万人近くに達していた。この五

十万人の国籍の内訳を多い順から見てみると、

満洲《まんしゅう》国　二五五、〇八九人
ロシア　一〇一、三〇三
ポーランド　三五、〇二七
日本　六、一九三

となる。そして、あいだに二十余の国籍をはさんで、

ポルトガル　一一
ベルギー　七
スエーデン　五
スイス　一

というように終る。国籍の、この豊かな雑多さ、これは当時のアジアでは上海に次ぐ。すなわちハルビンは国際都市であった。人口の膨張に合わせてイヨシフ・カスペの経営す

るホテルも大きくなって行った。彼のホテルはフランス語で「ホテル・モデルン」といった。つまり「現代ホテル」といったところか。事件の発生した一九三三（昭和八）年の客室数は一一二室だった。宿泊可能客数は百五十人。ちなみに現在の銀座日航ホテルの客室数も一一二室である。ホテルニュー金沢（金沢本町）が一一七室で、京都プリンスホテルがちょうど一〇〇室。イヨシフ・カスペのホテルを現在の日本へ持ってくると、規模では「中の下」というところだが、当時ではアジアでも屈指の大ホテルだった。満洲国ではもちろん最大、二番目が満鉄経営の旅順のヤマトホテルである。

ホテル・モデルンの宿帳は多彩である。たとえば二葉亭四迷は一九〇八（明治四十一）年七月、朝日新聞社ロシア特派員として東清鉄道を露都ペテルブルグに向うが、その折にハルビンで下車、このホテル・モデルンに二泊している。

また一九三二（昭和七）年一月、国際連盟から派遣されたリットン調査団のハルビンでの宿舎もこのホテルだった。帝政ロシアの崩壊（一九一八年）とともにその対外勢力は失墜した。この機会を逃がさじと中華民国政府はハルビンに対する国権の回復をはかる。がしかし「満蒙を日本の生命線」として武力制圧を企画していた関東軍は、満洲に傀儡《かいらい》国家、日本のひもつき政権を誕生させようとしていわゆる「満洲事変」をおこした。この策略は奏効し、満洲国ができあがるのであるが、リットン調査団は中国側の訴えによって事変を調べにやってきたのである。そういう次第でイヨシフ・カスペのホテルは第一級の、格式あるものであった。

　ところで満洲国は独、伊などわずか数ヵ国の承認しか得られなかった。日本側は満洲国の要職を日本人官吏で占めさせ、国の実権は握ったものの、表向きはそう強くは出られず、たとえばハルビン市などは従来どおりに自治制を行わせていた。冒頭で触れた市人口の国籍の豊かな雑多さも、このあたりの事情に由来する。

　なお、満洲（現・中国東北部）国籍について、ロシア国籍の市民の多いところにご注目いただきたい。さらに注目に値いするのはロシア国籍十万のうちの半分が帝政崩壊後の流入民だという事実である。帝政時代の貴族や将軍、大臣、次官などの高級官僚が市の新開地へ逃げ込んで来ていた。彼等のほとんどが宝石や金貨の売り喰いで暮しており、一時のハルビン市は世界的な宝石・金貨の売買市となった。そして売るものがなくなると、彼等は妻や娘に肉体を売らせた。その人肉市はホテルのロビーや食堂でひそかに開かれる。とくにホテル・モデルンに出入りする女性たちには美人が多かった。

二

リットン調査団が国際連盟に、「満洲事変は日本による侵略である」という要旨の調査書を提出したちょうどその頃、すなわち一九三二年の秋、セミョン・カスペという二十三歳のピアニストが日本へ演奏旅行に訪れた。彼は日本放送協会（NHK）からショパンとシューマンのピアノ曲を全国放送し、それから各地を回った。演奏会はおおむね好評だったが、このピアニストはそれから一年しか生きられなかった。翌年の秋、セミョンは誘拐された上、殺されてしまったのである。正確には一九三三（昭和八）年十二月三日、ハルビン市郊外の丘から彼の死体が発見された。かつてピアノの鍵盤を叩くことに長じていた彼の白い、そして長い指は腐敗し、崩れ落ちてしまっていたが、このピアニストの父親がハルビン第一のホテル経営者イヨシフ・カスペである。

誘拐から死体発見までの経過を簡潔に記そう。

八月二十四日の午後、セミョンは自動車に三人の女友だちを乗せて郊外へ出かけた。三人とも例の流入民の娘である。もっとはっきりいうと高級娼婦《しょうふ》たちだった。三人のなかにシャピロという女がいて、彼女は当時、ピアニスト専属の情婦になっていた。新開地の貧民窟よりはちょっとましなところに煉瓦造りの家を一軒持たせ、帝政ロシア時代には陸軍少将だったというシャピロの老父の面倒も、あわせて見ていた。

夕方、ドライブからホテル・モデルンへ帰ってきた四人は食堂でシャンパンを抜き、フルコースを食べた。ピアニストと情婦はバーで飲み、途中、一時間ばかり空《あ》き客室に籠《こも》った。籠った理由は書くまでもなかろう。とにかくお祈りをしようとして籠ったわけではない。バーに戻って飲み直しをしているところへ老カスペが現われて、

「ここは連れ込み宿ではない。歴とした国際ホテルである。格式もあるのである。なにのためだけに使ってもらっては困る。なにだけなら他所《よそ》のホテルに行ってやってほしい」

と息子を叱《しか》った。

そうこうするうちに他の二人の女が仕事を済ませて、バーにやって来た。四人は午後十二時まで飲んでいた。午前一時、ピアニストは車に三人を乗せた。酔っているのでホテルお抱えの運転手のウリャンツエフ（二十五）を呼び、運転台に坐らせた。そして自分は助手台に乗った。二人の女を新開地におろしたあとシャピロの家へ向った。車がシャピロの家の前に停ったとき、数人の男たちが現われ、シャピロとウリャンツエフを殴りつけた。

……ウリャンツエフが一番はやく正気に返った。もう朝になっていた。後部座席にシャピロがまだ引っくり返ったままでいる。助手台には……、ピアニストの姿はなかった。

最初の脅迫状は翌朝、届いた。届いたというのは正しくないかもしれない。ホテルのロビーに近い紳士用便所の鏡の前に立てかけてあったのだから。八月二十六日付の東京朝日新聞はこう書いている。

【ハルビン特派員二十五日発】 二十五日午前一時すぎ、北満の歓楽都市ハルビンでは、まだ宵の口、ハルビン第一の旅館モデルンを経営しているカスペと呼ぶハルビン一の貴金属店も出している資産一千万円を擁するこの地の一流の紳士、ユダヤ人カスペの息子セミヨン・カスペ（二十四）がロシア人ギャングのためペカルナヤ街の宅から拉致され行方不明となった。セミヨンはピアニストとして最近まで日本に滞在していたので、ロシア人のみならず日本人方面にもセンセーションを巻き起している。

事件は、セミヨンが（略）自家用自動車でロシア婦人三名とともに市内をドライブして、ペカルナヤまで情婦カルメ・シャピロを送りつけた（略。ところを）ギャングのため、ピストルをつきつけられて、目隠しのうえ自動車で拉致されたものである（略）ギャングが要求してきたセミヨンの身代金は三百万円である。

この事件の捜査指導者は、東京警視庁の前捜査課長であった江口治氏で、警察庁の満・露人刑事を動員して活動を開始した。

右の記事には間違いが二つある。「ギャングのため、ピストルをつきつけられて、目隠しのうえ自動車で拉致された……」というのがおかしい。セミョンの誘拐されるところをだれも見ていないのだから、目隠しされて拉致されたのか、逆立ちでもさせられて連れて行かれたのか、わかりはしないのである。

身代金の額も一桁ちがっている。正確には哈大洋《ハータイヤン》で三十万元である。「国際都市哈爾浜《ハルビン》」には新しい満洲国紙幣のほかに各種の貨幣が通用していたが、哈大洋もそのうちの一つで、哈大洋一元は、このとき日本円一円に相当していた。つまり身代金の額は三十万円。

筆者は康徳六年版の『満洲帝国六法全書』を所持している。「康徳」とは満洲帝国の年号で、西暦では一九三九年に当る。日本で云えば昭和十四年である（まったく年号とは厄介な代物だ）。その六法全書に載っている「給与令」によれば、満洲帝国の大臣の月俸が千五百円である。誘拐犯たちの要求してきた身代金は大臣の月俸の二百ヶ月分だから、相当に法外である。

脅迫状は前後七回、老カスペの許へ届けられた。七通目には、

「身代金を払わないなら、伜《せがれ》の耳を切り落す」

と記してあった。事実、数日後にピアニストの左耳がホテル・モデルンのフロントに届

けられた。脅迫状を運んでくるのは大抵子《たいてい》どもだった。毎回、違う子どもで、駄賃をつかまされ、いそいそとやってくる。刑事が手掛りを聞き出そうとしても相手は幼い。大したことは記憶していない。捜査は進展しなかった。

三

……紙幅が限られているので、さらに簡潔に事件の経緯を記す必要がある。いや、経緯を辿《たど》る余裕さえもない。結末を書こう。当時のハルビンには警察が二つあった。「日本側の警察署」と「満洲側の警察庁」である。朝日新聞記事に登場した江口治は庁の方の刑事科長兼特務科長だった。つまり満洲側の警察の最高幹部までが日本人だったわけで、このことからも満洲帝国が〈偽国家《にせ》〉であるとわかるが、江口科長の部下にマルチノフという警部補がいた。このマルチノフがピアニスト誘拐の主犯だったのである。捜査員が犯人なのだから、捜査が進展しないのは当り前である。では、動機はなにか。

ハルビン市の有力な白系ロシア人の団体の一つに「避難民救済協会《エミグラント》」というのがあった。帝政ロシアからの流入民の救済を目的とする団体である。多少でも余裕のあるロシア人があればそこへ日参して寄付金を貰《もら》う、というよりはふんだくってくる。そうしてその金を貧窮のロシア人に回してやる。だが、貧窮民に回す前に協会の幹部たちが費してしまうことが多かった。流入民救済という美名のもとに幹部の遊興費を稼ぐ機関になっていたのである。

もっとも幹部全員がダラ幹だったわけではない。ワレフスキイという最高幹部は、真剣に流入民のなかの元大臣や元大将をハルビンからヨーロッパ（とくにフランス）へ送り出そうと考えていた。もうひとつは流入民の娘たちを人肉市場から救い上げること。二つとも大事業である。莫大な資金を必要とする。ワレフスキイはそこで〈誘拐産業〉を興すことを思いついた。一九三一年の初冬から翌年の秋まで、一年足らずの間に、ワレフスキイは六件の誘拐事業を計画し、実行した。ハルビンの食料品商タラセンコ拉致、ビール王カウフマン拉致殺害、貿易商シェレリの長男誘拐、他の三件は市内一流の開業医子弟の誘拐。標的はいつもユダヤ系のロシア人だった。

マルチノフは誘拐事業には賛成だったから、警察官として忙しく働きながら、ちょっとの余暇があれば疲れもいとわず誘拐実務に参加した。食料品商タラセンコ拉致の際は、ハルビン警察庁の職員アパートの石炭小屋を監禁小屋に提供したぐらいである。ただ彼は身代金の使い方に批判があった。

「流入民がシベリアよりもさらに遠いハルビンでこんな苦労をしているのは、ロシアに革命がおこったことが原因である。もう一度、ロシアに帝政を復活させ、赤旗を一本のこらず踏み倒すべきである。そう、武力で革命政府を打倒するのだ。そうなれば流入民問題など自然に解決しよう。身代金で私兵を育てよう」

マルチノフのこの批判はワレフスキイに逆批判された。そうして「夢ばかり見ている理想主義者」と呼ばれるようになり、協会では孤立した。このマルチノフにハルビンの日本側警察署の幹部が接近した。両者を結びつけたのはハルビンの満鉄事務所だったらしい。日本側としては、マルチノフの計画を実現させてやればソヴィエト政府がうろたえるだろう、という計算がある。マルチノフの挙兵を「義軍である。義を援けよう」と云って後押しをし、警官隊や軍隊をこの特別自治市に繰り込む。そして完全にここを日本のものにしてしまおう。

満鉄の方の算盤はこうである。

〈ハルビンには各国の商社が七五〇〇社ある。五三パーセントが満洲の商社で、四〇パーセントがロシアの商社、日本はわずかの四パーセントだ。……警察と軍がもし本格的にこの市を掌握するならば、日本の商社の数は今の十倍にもふえよう〉

マルチノフは警察署にすべての情報を流した。署員から成る一隊がビール王カウフマン監禁現場を襲い、カウフマンやワレフスキイを射殺した。こうしてマルチノフが「避難民救済協会」の新しい指導者になった。そのマルチノフが最初に計画実行したのがカスペ事件だった。マルチノフが主犯だと見破った庁の江口科長は、
〈ハルビンが重要拠点であるのは、ここがあらゆる国籍や人種の見本市だからだ。だからこそ商業もさかんであるのだし、各国の情報も入ってくるのだ。日本一色で塗り潰《つぶ》してしまってはかえって日本のためにならない〉
と考えて、マルチノフ派をのこらず逮捕、あるいは射殺した。
ところでイヨシフ・カスペは珍しくソヴィエト国籍を持っていた。マルチノフが狙うには打ってつけのユダヤ系金持だった。殺されたセミヨン・カスペはフランス国籍である。父子《おやこ》がソヴィエトとヨーロッパにそれぞれ国籍を分け持っていたわけで、これもユダヤ系の智恵《ちえ》だろう。なお、この父親は身代金の要求にはぴくりとも応じなかった。根がケチなのか。そうではあるまい。最初にハルビンにスエーデン国籍の者が五名いる、と紹介したが、この五名は宣教師一家である。宣教師の妻はイヨシフ・カスペの実の娘だ。息子にはもうたよれない、残るは娘——、そう思い定めたときから、この父親にはマルチノフの要求や脅迫が蚊の羽音ぐらいにしか聞えなくなってしまったのだ。ここまで徹した人は尊敬に値いする。

柳島四人殺し事件

大正四年（一九一五）三月三十日未明、東京本所区向島《むこうじま》の柳島元町に新店舗を構える岡本自転車店二階で、一家四人が惨殺された。殺されたのは主人の岡本八十八《やそはち》（三十五）、その妻お松（二十九）、長女おきい（四）、そして次女お富《とみ》（二）で、これを俗に「柳島四人殺し」と云う。筆者がこの事件に興味を持つのは、まず犯人の年齢が異常に若いせいである。犯人の犯行時の年齢はわずか十五歳だった。現行《いま》の数え方に改めると十三歳である。次に、この事件をくわしく追って行くと「諜者《ちょうしゃ》」の存在に突き当る。これが興味を抱くに至った理由の第二である。

被害者の岡本八十八は福島の生れである。小学を出ると上京し、上野広小路のさる自転車店に丁稚《でっち》小僧に入った。わが国にはじめて自転車が渡来したのは明治三年（一八七〇）で、明治二十四年（一八九一）には本邦初の国産自転車製作所である宮田製作所が誕生した。だが、自転車が一部の金持たちの「趣味のスポーツ」から「庶民の足」になるのは明治の末期である。日本が次第に工業国化し、労働人口が工場のある大都市に移動しはじめる。そのために都市は膨張し、新開地が出来る。一方、いくつもの技術革新によって安価な自転車が出まわりだした。交通の不便な新開地の続出と安くて丈夫な自転車の出現。この二つが結びついて明治から大正にかけてちょっとしたブームが到来したのである。

さらに第一次世界大戦（大正三年七月）が勃発し、自転車の輸入がとまると、たちまちのうちに大小の自転車メーカーが出来て、値段と品質との競争をはじめた。自転車はいっそうの普及をみせる。だから岡本八十八は、かなり読みの深い就職をしたことになる。

岡本八十八は二十六歳で独立し、本所区押上《おしあげ》に小さな店を出した。短期間で借金の返済が出来たので、この押上店を手代に委せ、前年（大正三年）九月、柳島の「金太郎」という汁粉屋の向いに、今度はかなり大きな店舗を構えた。そして半年後に惨殺されたのだった。

現場臨検書《げんばりんけんしよ》によれば、「岡本は玄翁《げんをう》か薪割のやうな兇器で頭部を乱打され、脳骨は砕け、脳漿《なうしやう》四散……。お松の後頭部に銅貨大の打撲傷あり、右の耳上に長さ二寸の裂傷あり……。いづれも深さ骨膜に達する重傷痕。二人の幼女は脳骨破損。……犯人は裏手の勝手口から侵入し、二階に上り、三畳を通つて六畳の部屋に忍び込み、先づ岡本を殴殺。それを目撃せるお松が仰天して蒲団の中へ潜り込んだのを、犯人が頭部めがけて夜具の上から兇器を乱打し殺害。しかるのちに幼女二人を次々に……」殺したらしい。簞笥の抽出《ひきだ》しがこじあけられ財布が盗まれていた。財布には十五円前後入っていた筈《はず》だった。

その日のうちに、四名の容疑者が向島署に連行された。そのうちの二人は、階下の四畳半で眠っていた岡本の雇人、加藤安蔵（十八）と高野肇（十四）である。二階で大惨殺の行われているのをまったく気付かずに眠り呆《ほう》けているというのも不自然ではないか。だが、二人ともおとなしい性質で、さらに日頃から「自分たちも旦那のように店を持ちたいが、旦那が『一人前の腕になったら支店を出して、それを委せよう。うんと働いてその支店をお前たちが買い取ればいい。だから頑張るのだぞ』と云ってくれている。こんなありがたい旦那はそうざらにはいないと思う」というのを口癖にしていた。そういうありがたい雇主を殺す理由がない。二人は白《しろ》だ。

第三の容疑者は深井なか（二十二）という女である。なかは岡本の妾《めかけ》だった。が、最近、なかの存在を岡本の妻お松の気付くところとなって揉《も》めていた。そして五十円の手切金で岡本と別れたばかりのところである。いくらなんでも五十円の手切金は安い。それを恨みに思っての犯行ではないか。

だが、深井なかにはアリバイがあった。事件当夜は、新しく出来た旦那と上野の旅館に泊っていたのである。

最後の容疑者は、橋本平三郎という二十六歳の男である。東京の中央新聞（同年五月二十二日付）によれば、橋本平三郎の経歴はこうだ。

「……橋本平三郎は広島県芦品《あじな》郡新町の重右衛門の五男にして、十五歳の時、郷里を出で、大阪市東区豊後町十一番地唐川弁助方に八年間奉公し、二十二歳の四月、主家を出で、百八十円余の貯金を以て兄の熊次郎と共同し、南区堂島橋通り四丁目佐野屋橋角北に入る処《トコロ》に一家を借り受け、ボール箱製造業を営みたるも、兄と大喧嘩を為《な》し別るる事となりたれば……（略）大正二年七月、東京は浅草区橋場町の酒田某と云ふ知人の許に来り約一箇月程厄介となり、同年八月に本所区中之郷竹町川岸四十三番地ボール箱製造業菊地貞二方に住み込み、翌年九月暇を取り、本所区亀沢町二丁目ゴム商小泉方に行商見習ひとして住み居る内、掛先金《カケサキキン》を胡麻化し物品を盗み出したる事、発見されて追出されたれば、再び前記の菊地方に泣き付き、昼間は自転車の付属品を行商し、夜間は菊地方の帳場を手伝ひ、食費として毎月三円づつ支払ふ事となりて暮し居たり、然るに平三郎は菊地方へ女工として通ひ来る本所区小梅町二百七十四番地片岡軍四郎の娘芳江（二十二）とかねてより情を通じ居たるを以て……（略）、父軍四郎はガス会社の火の番を勤め、僅かなる給料にもかかはらず、母キミヱは大の酒飲にて常に親子喧嘩の絶え間なく、娘芳江をもっと金になる勤め先に奉公させせんと一決し、本年二月頃、芝区三田綱町一番地の地唄師匠の許に遣はしたるを、平三郎は之を聞き、自分より芳江への手渡し金の少きためならんと太く心を痛め、芳江の奉公先へ到りて暇を取らせ親の許に連れ来り、以前にもまして仕送りしたるも、相変らず母の大酒飲みに何の役にも立たず、母キミヱは芳江を又も二月二十一日、麹町区麹町八丁目古物商岩田健彦方に奉公に遣はしたるを、平三郎又も之れを耳にし三月一日に芳江は又々主人方を暇を取りたるも親の許に行かば、又々他に奉公させるに相違なし、此上は芳江と一家を持つより外なきも金はなし、と深くも思案の末、此上は強盗を働かんと世にも怖ろしき悪心を起し……」

「。」を一切用いずに、ただズラズラと文章を並べて行くやり方は、明治から大正にかけての新聞記事文の一大特徴である。それも読者に迎合することに汲々《きゅうきゅう》としている新聞にこの傾向が目立つ。最近、東大教師なんぞに、この手のダラダラズラズラ文で映画評をものし、「新しい文体でござい」などとやにさがっている愚か者がいるが、なに、本人は新しいつもりでいても、その実体は大正期の赤新聞の文体の改悪版をせっせと綴《つづ》っているのにすぎないのである。まあ、そんなことはどうでもよいとして、橋本平三郎は芳江という女を大酒飲みの母親キミヱから引き離したいと思っていた。芳江と世帯を持ちたいと願っていた。しかし一家を構えるには金が要《い》る。その金を得ようとして、日頃から取り引きのある岡本自転車店に目を付けたのではないか。捜査当局はそう睨《にら》んだのである。橋本平三郎にはアリバイがなかった。夜中の十二時まで平三郎は芳江の家で酒を飲んでいた。そして止宿先の菊地ボール箱工場に帰ったのは、朝の五時である。「芳江の家で飲んだ酒で胸苦しくなり、朝まで近くの公園の腰掛に横になっていた。横になっていた時間の半分は眠っていたと思う」と、平三郎は述べたが、こんなことを誰も信用しやしない。つまり平三郎は、金が入用であったということと、アリバイがないことの二点で、犯人と目されることになったのである。物証は皆無である。

平三郎は警視庁へ移され、兼子という刑事から拷問《ごうもん》をまじえた取調べを受けた。へとへとに疲れ切って監房に戻ってくる。監房は二人用で、同房は山口利男という窃強盗前科七犯の猛者《もさ》である。或る時、山口が言った。

「このまま否認していると、お前さんはいまに責め殺されてしまうぜ。おれは前科者で刑事のやり口には詳しいつもりだが、お前さんが『無罪だ、潔白だ』と言い立てれば、その分だけ奴等《やつら》は意地になって責め抜く。つまり『殺《や》った』と言わない限りは拷問はやまないし、外へも出られない」

山口は日頃から親切な同房者であったから、平三郎は藁《わら》にもすがる心持で、この経験豊かな先輩の忠告に耳を傾けた。山口は続ける。

「一応は『殺った』と白状し、それで裁判を受ければいい。もともと濡れ衣《ぬぎぬ》なんだし、裁判は公明正大なものだし、すぐに無罪放免ということになるさ。それは請け合ってもいい。そうだな、こう言えばいい。まず兇器の薪割は、浅草新谷町《しんたにまち》の三上《みかみ》という露店の刃物屋で買ったと言いなさい。前日の三月二十九日に三上で買ったと……」

二日後、橋本平三郎は兼子刑事に向い、柳島四人殺しの犯人は自分である、と自白した。そして全国の新聞には前掲の如《ごと》き記事が氾濫《はんらん》するに至るのである。

ところで、この山口利男のような役割を果す者のことを「諜者」という。難事件にはたいていこの諜者が暗躍した。容疑者の入る予定の監房に一足先に入っている。そして先輩面《づら》して容疑者に何くれとなく親切に振舞うのである。容疑者からいろいろと聞き出すのが仕事の第一。あるいは、右で見たように自白をすすめることも多い。つまりは警察が点数を上げるために放つスパイである。別名、合牢者《あいろうもの》ともいう。

橋本平三郎には意外にも（そして警察側にとっては当然のことながら）、その年の十月十五日、死刑の判決が宣せられた。世間は、かかる大惨殺事件を速《すみ》やかに解決した捜査当局に拍手を送った。しかし橋本平三郎としては「はい、左様でございますか。それでは私が悪うございました」と引き下るわけには行かぬ、直ちに控訴した。幸いに新しい事実が、それも決定的な事実が一つ明らかになった。刃物商三上矢一の証言は嘘《うそ》である、すなわち偽証である、と言い出した者がいたのだ。浅草新谷町の露店商水上タへが、こう申し出たのである。

「……三上矢一さんは三月二十九日に薪割を橋本平三郎に売ったと証言しているが、その日に薪割など売れるわけはない。わたしは三上さんの隣で針や糸を売っている者だが、三月二十九日は朝から雨が降っていて、新谷町の露店はどこも休んでいたはずである。わたしは雨が上り次第、店を出そうと思い、あの日は朝から夕方まで新谷町で待機していた。雨は夜まで降り続き、三上さんは店を出さなかった」

三上刃物店もまた一種の諜者だったのである。刃物店が閉まっていたのなら、橋本平三郎は薪割が買えぬ、薪割が買えねば兇器がない。兇器なしでは殺せない。翌年（大正五年）六月、橋本平三郎は証拠不充分で無罪となった。別に言えば、事件は迷宮入りした。平三郎は真ッ直に芳江の家へ駆けつけたが、すでに芳江は居なくなってしまっていた。母親の売り込みで、板橋の薪炭業の妾になっていたのである。

四年後の、大正九年（一九二〇）七月下旬のこと、板橋署に茄子《なす》泥棒が送り込まれてきた。板橋在の畑から茄子を盗み、それを板橋駅前の町屋で売り歩いていたという。垢《あか》をためた、乞食といった方が早いような恰好《かっこう》の若者である。彼は札付きの野菜泥棒で、すこしお灸《きゅう》を据えてやろうというので送り込まれてきたのだった。この若者の名前を南館《みなみだて》正夫といい、窃盗罪で逮捕され、巣鴨《すがも》監獄に叩き込まれていたことがある。署員は、正夫を監房に押し込むと、

「正夫、一晩、ここでじっくりと頭を冷して行け。これが最後の情けだぞ。もう一回、野菜泥棒をしたら、容赦せずに監獄送りにしてやるからな」

と説教した。正夫は素直に頷《うなず》き、晩飯をガツガツ詰め込むと眠ってしまった。ところが間もなく魘《うな》されて、飛んでもない譫言《うわごと》を云いはじめたのである。

「平三郎さん、勘弁してくれ」

平三郎とは、あの平三郎のことではないのか。監視の巡査がぴんと来て、そっと監房に入るといきなり正夫の耳許《みみもと》で、

「勘弁できるものか。貴様のおかげで、おれは一年余も臭い飯を喰う破目になったのだ。どうあっても貴様を絞首台に押し上げてやるぞ」

怖い声で怒鳴った。正夫はわッと喚いて起き上り、巡査に向って土下座した。

「そんなこといわないで許してくれ」

床に額をすりつけているうちに正気づいて、あッとなったがもう遅い。

「……橋本平三郎さんはうちによく汁粉をたべに来てくれました。それでよく知っているのです。岡本さんの一家のことも知っています。なにしろうちの真向いですから」

正夫は、五年前、岡本自転車店向いの汁粉屋「金太郎」で店員をしていたと自白した。

「……岡本夫婦は、小金を貯めているくせに、じつにケチで、いやな奴でした。出前をし

て、あとで器《うつわ》と代金を取りに行くと、器は返してくれるけど、代金はあとでまとめて払うという。仕方がないからいうことを聞き、三、四回まとまった頃に『代金を』と請求すると、『前の分は払った筈だ』などと平気で嘘をつくのです。主人には代金を着服しているのじゃないかと疑われ、……それで思い知らせてやったのです。……岡本夫婦の夢なんか一度も見たことはありません。ただ、おれの代りに捕まった平三郎さんのことはよく夢に見て、魘されます」

　正夫はいま二十歳。犯行当時はわずか十五歳の少年である。十五歳の少年に四人惨殺などという大仕事が出来るのだろうか。板橋署は「出来ない」という刑事と、「本人が白状しているのだから、やったにちがいない」という刑事との、二派に分れた。が、正夫は、

「お金のほかに岡本の奥さんの銀指環も盗みました。その銀指環は、母にやりました」

と白状し、この二派対立に決着をつけた。たしかに、正夫の母は息子から銀指環をもらっていた。そうしてその銀指環を岡本お松に売ったという貴金属商も名乗り出た。

　事件当夜、正夫は主家「金太郎」方にあった薪割を持って岡本自転車店に忍び込み、四人を撲殺《ぼくさつ》したあと、薪割の血を拭《ぬぐ》って元の所へ返し、何喰わぬ顔で「金太郎」方で店員をつづけた。一ケ月後に「金太郎」をやめて各地を放浪、その間に、栃木県河内《かわち》郡富屋村で十七歳の娘を短刀で殺害し、死体を阿久津《あくつ》川に投げ込み、また、本所区緑町で十六歳の少

女を絞殺し、死体を両国付近の高架線に持ち込み横臥《おうが》させ自殺を装わしめるなど、二件の殺人を行っていた。

殺人は一向に平気なのに、自分の代りに濡れ衣を着せられた者に対しては済まぬと思い詰め、揚句《あげく》には魘される……。この事件もまた人間の精神が奇ッ怪に歪《ゆが》むときのあることをわれわれに示してくれている。

著者インタビュー

犯罪は、人間のもう一つの表現

聞き手　小田豊二

動機は「いい犯罪」を見たい?!

――今度発売になる『犯罪調書』、ゲラの段階で読ませていただきましたけど、とってもおもしろかったですね。

井上　それは、どうも。

――井上さんと犯罪というのが、すぐピンとこなかったんですが、どんなきっかけで書きはじめられたんですか。

井上　ぼくは人間にとても興味があるんですね。芝居を見れば、人間とはあんなにしっかり自分の思っていることもしゃべれるのかって思うし、絵画を見れば、同じ人間でも、こんなふうに花を見れるのだって感心するんです。犯罪だってそうだと思うんですね。人間って、こんなにも自分の感情に正直なんだって感動しますし、ここまで残酷になれるんだって驚いたりしてます。そういう意味で、いい絵や芝居を見たり、いい小説を読むのと同じように、「いい犯罪」を見たいなというのが動機ですね。

——いい犯罪ですか？

井上　ふつう人間というのは、感情をおさえて、ごまかして生きているわけですから、それをものともせず人を殺したりする人間の可能性って素晴らしいと思うんです。ですから僕は、犯罪だからダメだという気はちっともありません（笑）。僕ら自身、いつ、こういう犯罪者になるかわかりませんからね。いつ女房をむごたらしく殺すか、誰だってわかりませんよ（笑）。

——よくわかります（笑）。

井上　たとえば、ある会社に新入社員が希望に燃えて入りますね。一生骨を埋めて、この会社のためにわが身を捧げようと思って入社したのに、上役にひとり変なのがいると、この上役に気にいられるためにやっているのか、会社のためにやっているのかわからなくなって、何だか上役が自分をダメな方へおとしいれていると思うようになりますね。そしてそのうちに、あの上役を何とか殺せないかと考えるようになる。

――なりますねぇ（笑）。

井上 ただ僕らは、どこかでそれを思いとどまるわけですけど、そこをスラッと抜けて、犯罪にまで到達する人間がいるというのは素晴らしいと思うわけです。

――もしかしたら、自分がやっているかもしれないわけですからね。

井上 そうです。ですから犯罪というのは、小説とか絵とかと同じレベルの「人間の表現」のひとつだというふうに僕は思っているんですね。

――そうした犯罪を知る材料は新聞ですか。

井上 新聞が主ですね。大きな犯罪だと週刊誌に載ったりしますけど、僕はあまり大きな犯罪は好きじゃないですね。やってる方には申しわけないですけど（笑）。

――新聞をどう利用するんですか。

井上 まず、興味のある犯罪記事があったら各紙切りぬくんですね。それをメモ用紙に貼りつけてファイルするんです。そうすると、おもしろいことにまず気がつきますね。記事の内容が各紙バラバラ（笑）。

――えっ、そうですか？

井上 たとえば、花柳幻舟さんの事件だと、まず犯行時間が違う。一番早い時間と遅い時間を調べると、幅が一時間はありますね。それに切りつける時の叫び声なんか、誰も聞いてなくても書いてある。「家元なんて、家元なんて何さ!」とか(笑)。記者が脚色しちゃってるわけです。

——それはおもしろい。

井上 でも、これをやりはじめると、地獄です。事件は毎日毎日あるわけですし、各紙見くらべたり、その後をチェックしたり、しかもそれらをきちんと整理したりすると、それだけで一生が終わっちゃう(笑)。でも、本当に徹底してやったらおもしろいですね。誰かひとり、地方版に載る程度の細かい犯罪を毎日ファイルしたら、百年後には相当な財産になりますよ。

小説やギャグ漫画をこえる現実の事件

——最近では「産地直送青森リンゴ数千個試食事件」がおもしろかったですね。

井上 あれはおもしろかった(笑)。青森からリンゴをトラックに満載して大阪に売りにきた人が、路上販売の元締めの所に「いい場所ないか」と電話をかけに行ったスキに、主婦たちが殺到して、数千個があっという間に姿を消したんですよね。

——「試食OK」って垂れ幕があったとはいっても、すさまじいですよ(笑)。

井上 トラックの上に乗って、配ってる人がいたり(笑)。「ああ、大阪ってこわい所だ」

っていう被害者のコメントが出たら、あとで大阪の人が怒ってね、「大阪がこわい」というのはけしからん、「都会はこわい」といえって騒いだ後日談までありましたから（笑）。

――井上さんのファイルには、そういう事件がたくさんあるわけですね。

井上　ええ。たとえば、千葉の館山で県立高校の国語教諭がせっせと書店から文庫本を盗んだという事件がありましてね。

――先生の万引ですか？

井上　「この先生は、ふだんから生徒の信頼も厚く、学校側もびっくりしている」って記事に書かれてますけど、こういう新聞記事の書き方って、おもしろいですね。「学校側もびっくりしてる」って、たいてい、びっくりしますよ（笑）。

――国語の先生が文庫本を盗むって、おかしいですね。

井上　で、なぜこの事件を切りぬいたかというと、この先生が万引で捕まった時の文庫本が『花のき村と盗人たち』っていうんです（笑）。

――ウソでしょ（笑）。

井上　いや、本当にそう書かれているんですよ（笑）。

――もう小説やギャグ漫画をこえちゃってますね、現実の方が。

井上　ええ、もう小説はかなわないですね（笑）。これを小説にすると、「ウソばっかり」

とか「必然性がない」とかいわれるんですけど、ちゃんと現実なんですね。逆にいえば、必然性のあることだけ毎日起きていたら、おもしろくないですからね。

――それはいえますね。

井上 こんなのもありますね。栃木県の中学二年の少女がある日行方不明になったんです。自転車が自宅付近の駅で発見されるんですけど、その後いっさい消息がわからなくなってしまった。それで三年後、警察が殺人事件として、公開捜査にふみきった初日、その少女が見つかったんです。

――死体で？

井上 いいえ、ふたりの子供の母親で。

――え？

井上 少女は、五十歳の労務者のおじさんと仲よくなって、そのまま駆け落ちしてたんですね。中学二年生と五十歳じゃ、家に話しても誰も本気にしないから、どこか知らない所で生活しようっていうことで……。で、家族があわてて駆けつけると、貧しいながらも幸せな家庭でね、もう子供もふたりできてる。じゃ、正式に結婚式をあげようということになった。大騒ぎした殺人事件が、突然結婚式になるってことがおもしろかったですね。

――まだまだ、おもしろそうな事件がありそうですね、井上さんのファイルには。

井上　あります、あります（笑）。これは犯罪ではないんですが、横浜のある自動車工場の社長が友だちと自分の部屋でウイスキーを飲んで酔っぱらって寝てしまった。その部屋のあと片づけをしようと奥さんがやってきて、社長を引きずって別の部屋に寝かせた。ところが、その社長さん、急にトイレに行きたくなって目をさまして、前の部屋だと錯覚してガラッとあけて足をふみ出して、落っこって死んでしまった。「トイレと窓を間違えた社長事件」（笑）。

――ちょっと考えると犯罪の匂いがしますね。

井上　ええ、これはのちのち奥さんが調べられましたよ。もちろん、無罪になりましたけどね。いわば犯罪になりかかった転落事件ですね。「叔父と甥の心中事件」っていうのも、ありますよ。

――叔父と甥？　男同士ですか？

井上　しかも、どちらも十七歳。これはちょっとややこしい（笑）。このふたり、同級生なんですね。A君、B君としますね。最初は、親戚でも何でもなかったんですね。ところが、A君の父親が離婚したことから、こんがらがってくるわけです。

――どうなったんですか。

井上　A君とB君は仲がよかったから、よくB君はA君の家へ遊びに行っていた。そこへ

B君の姉さんがB君を迎えによく来るようになった。そして、A君の父親がB君の姉さんに惚れて、結婚した。と、なると家庭が複雑になるわけですね（笑）。

——そうするとA君とB君の関係は……。

井上　叔父と甥になるわけ。そこでふたりは大人の世界がイヤになって心中したんですね。だけど、亡くなった方には申しわけないですけど、人間っていうのはどうしてこう不思議なことをしてしまうんだろうって、この記事読んだ時、そう思いましたね。

『犯罪調書』は犯罪者への「追悼文兼謝辞」

——井上さんの『犯罪調書』の中には、外国のものもたくさん含まれてますけど、外国の犯罪は、どうやって調べるんですか。

井上　たまたま、僕がオーストラリアへ行った時に、向こうの犯罪研究所の資料を手に入れまして、それをもとに。

——どんなことが書かれていたんですか。

井上　ふつう犯罪の研究というと、凶器は何かとか、手口はどうだとか、そういうふうになりますけど、外国の場合は、あくまで「なぜ、やったか」にこだわるんです。人を殺したりするのは、いわば神に対する挑戦ですからね。犯人がなぜ罪を犯したかということを、どこまでも追いかけていくわけです。だから、カポーティの『冷血』なんかが生まれるんですね。

――犯罪そのものも日本の犯罪とは違いますか?

井上　いや、遜色ないです。

――負けてませんか。

井上　負けてませんね(笑)。ただ向こうの場合、ピストルも使うし、土地も広いですから、そのあたりが違いますけど、日本人もピストルを持たされていたら、かなり殺す人が出てくると思うんですけどね。

――何か期待しているようですね(笑)。この本の中で「煉歯磨殺人事件」とか「女青髭殺人事件」「肉屋の親方殺人事件」などと、ユニークな殺人事件が次々と書かれていますけど、あまり、井上さんご自身が推理されている部分がありませんね。ふつうは「私の推理によれば」という言葉があるわけなんですが……。

井上　たとえば、そういった事件、犯罪事実を推理すればするほど、なんか「常識」の方へいつも引きよせようとしてしまうんですね。こういうことをするわけがない、とかですね。それは、事実を非常につまらなくしてしまうんです。ですから、むしろ、事実はこうだったというのを、ただ並べた方が、さっきいった「人間の素晴らしさ」が出るような気がしたんです。

——でも、「井上ひさし作」っていうことになると、すべて事実だと思えない(笑)。たとえば、「肉屋の親方殺人事件」の中で、精肉として店頭を飾るために殺された犠牲者たちの名前がフリッツ、ローテ以下二十六人ぐらいズラーッと並んでいますけど、ちょっとあやしい(笑)。

井上 いや、実をいいますと、外国のものでは創作したのが、ずいぶんあります(笑)。日本の場合は、ちょっと作れないんですけど、外国ものは……。ええ、だいたい眉にツバをつけて読んでいただくと……(笑)。

——そんなこといっていいんですか。

井上 かまわないです(笑)。

——そうなると、ぼくの読んだ実感でいえば、どこまでが本当か、どこがウソなのか、さっぱりわかりませんね。

井上 でも、いまや読者の方が、事実と創作の間を実に自由に行き来してくれますからね。

——それと、この本拝見してて、何か犯罪に時代を感じますね。

井上 犯罪って、まさに時代の合わせ鏡なんです。毒薬がはやるとか、刺すのが流行するとか。動機からみると、もっとよく時代がわかりますね。「保険金」とか「サラ金」なんて、現代そのものですね。人間の命を担保にするということについての考え方が、昔とは違ってるわけですね。

――ただ、こういう犯罪を読むと、受け手の方が何かワクワクしてしまうと思うんですね。ちょっと人の不幸を喜んでしまうみたいなところがあって……。

井上　いま、テレビでよく殺人場面がありますよね。その昔、必要があって、テレビドラマで、一日何人死ぬかっていうのをやってみたんです。そしたら何と三分にひとりの割合で死んでいくんですね。無責任なんですよ、作り手が。ドラマだから何人も殺してもいいとか、大衆は血を見るのが好きだからとかいうんですから。これは実際に犯罪をやってしまった人より悪いんじゃないかって気がしましたね。

――犯罪には必ず動機がありますからね。

井上　犯罪というものを文脈でとらえると、そこには人間らしい感情が必ず動いています。優しさを持とうと思って、人間として最大の努力をしているけれど、それがついに破壊されて、殺しに至ることがあるわけです。それをひとつひとつの言葉でなく、文脈としてつかまえて、「耐えきれずに殺す」ということをしっかり脚本に書いてくれれば、おもしろいドラマになるし、逆に、それを見た人が、その悩む様を見て、殺すということを真剣に考えるから、簡単にマネしようなどと思わないはずです。

――時代劇で、よく「出あえー」とかいって、悪代官の子分たちがバラバラと出てきて主人公にバサバサ斬られて死んじゃう場面がありますよね。その斬られる側の人たちにも、きっと家族とかいると思うんですね。

井上　それ、本当に追及したら、ドラマはもっとおもしろくなるはずですよ。水戸黄門かなんかで、悪代官の方が、なぜ悪いことをしなければならなかったのか、ということをていねいに書いたら、すごくおもしろいと思いますね。

――この『犯罪調書』にはそうした興味を満足させるものがありますね。ひとつひとつの「事件」が、ただの話の羅列ではない、何か深い意味があるといった……。

井上　そこまでうまく書けているかどうか、わからないですけど、これと同じ犯罪を犯そうと思っている人が、この本を読んで、何か感じてくれて、達観してもらえたら一番いいですね（笑）。

――いわば犯罪予備軍に、犯罪を犯す前にぜひ一読してもらいたい本（笑）。

井上　そうですね。この本の主人公たちの犯罪にはそれぞれ「人間の表現」としての個性があるわけです。それが僕にとっては、何か自分の代わりに身を挺してやってくださっているっていう気がして、非常にうれしいんですね。だから、ひとつの犯罪讃歌なんです。

――なるほど。

井上　「みんなやれー　俺もやるー」というものではなくて、僕たちの安全弁になってくださってくれてる人たちへの「追悼文兼謝辞」だと考えていただいたらどうでしょうか。

――どうもありがとうございました。

（『青春と読書』集英社　一九八四年八月号掲載）

解説

吉岡 忍

本書の筆者はまことにけしからぬ。何がといって、犯人の生い立ちだの、暮らしぶりだの、犯行の手口だのは詳細に記しているくせに、気の毒な被害者や遺族に同情することはほとんど書いていない。書いても、凄惨な殺され方を猟奇的に描くばかり。高名な小説家なら、もう少し遺族の気持ちになって書いてもらいたい……。

と、近年の事件報道に慣れた読者なら眉をひそめるかもしれない。たしかにこのごろの事件報道には、被害者の遺族や友人知人の声が圧倒的に多い。理不尽に命を奪われた側の悲しみ、怒り、無念はもっともである。伝えるべきことも少なくない。

多少なりとも事件取材に身を置いてきた私の実感では、この傾向は東京の地下鉄サリン事件（一九九五年）あたりから始まり、神戸市少年A事件（一九九七年）で加速し、山口県光市母子殺害事件（一九九九年）で定着し、いまに至っていると思う。その結果、それまでは放っておかれた被害者とその遺族への、まだ不十分ながら救済の道が開かれたことは大きな功績だった。

しかし、と私は思わないではない。その一方で、マスコミも私たちも、そもそもこんな凶悪事件がなぜ起きたのか、犯人は何者なのか、という理解についてはおそろしく薄っぺらになった。悪いやつが悪いことをした、そんなやつは社会からつまみ出してしまえ、とあっさり片づけ、厳罰と極刑を科して一件落着。あげくにまたよくわからない事件が起き、あたふたする。そんなことをくり返している。

犯罪や事件の報道なり論評なりが、再発を防止し、いくぶんかは安心安全、楽しく暮らせる世の中をつくることにあるとするなら、近年の事件報道はその方面では何の役にも立っていない。もっと犯人像に迫り、その生育歴や人間関係、そのときどきに何に影響され、どんなものの考え方を身につけ、ついに凶行に及んだのかというところまで踏み込み、考え抜かなければならないのではないか、と私は思う。

幸いなことに、井上ひさしが本書『犯罪調書』にまとめられる古今東西の犯罪レポートを月刊誌に、同誌が廃刊後は週刊誌に連載したのは一九七八年から八二年、存分に加害者を追いかけまわし、ためつすがめつ腑分けできる時代だった。小説家としてはベストセラー『吉里吉里人』を書き上げ、劇作家としては『イーハトーボの劇列車』を成功させ、みずから主宰する劇団・こまつ座の旗揚げに向けて意気軒昂な四十代半ばから後半の時期に当たる。

俎上に載せられた犯罪は二十件。古今東西と言ったが、「今」はなく、一九世紀から二〇世紀中盤、日本風にいえば明治・大正・昭和前期までの「古」、「東」は日本と旧満州で、「西」は欧米である。ということは、現場取材というより、井上得意の資史料の渉猟と解読と、ここがキモなのだが、犯罪をそれぞれの時代相にはめ込んで解釈する手腕が見せどころとなる。

例えば、本書劈頭に登場する二十五歳の元ミス・ルーマニア殺害事件である。いまやルーマニア国立劇場専属の人気女優となっていた美女は一九三三年二月の寒い晩、就寝前の歯磨き後に突然悶死した。チューブ入り歯磨きに仕込まれていた猛毒が凶器だった。ちなみにこのとき、北西に千三百キロほど離れたベルリンでは、ナチスが国会議事堂に放火し、混乱に乗じて民主主義の息の根を止め、権力を奪取していた。

美女の父親は貴族出の有力政治家、国王の信頼も厚く、折りからの世界恐慌のあおりを受けて頻発する労働者ストや貧農一揆を何とか話し合いで解決しようと奔走していた。マスコミは有力政治家の娘、美人女優の怪死をさんざん書き立てた。

そんな父親の娘にはありがちだが、自由に育った美女は同国有数の製薬会社社長の御曹子と長年の情事を重ねていた。紙数がないので（と、井上も本書で三回くらいくり返している）先走ると、妻子持ちのこの御曹子が彼女との関係を清算しようとしたのか、美女の前に現われたライバルに嫉妬したのか、ともあれ会社にあった毒物を歯磨きに注入し、殺害したのだった。男の別荘からは毒の付着した注射器も見つかった。

だが、事件は思わぬ展開をする。犯人を突き止めた巡査は、証拠一式を揃えて警察長官に面会した翌朝、何者かに撲殺された。警察は、スト連中の仕業だ、と発表した。事件は迷宮入りし、スキャンダルに見舞われた父親も失脚した。かくして手足をもがれた国王は南米に亡命し、あとにはたくさんの失業者や絶望した貧農たちが残された。彼らは反ユダヤ主義とテロと暴力によってにわかに台頭した極右団体の支持者となり、ヒトラーのナチスと合流していくのである。

もしこの事件がきちんと解決されていたら、ということは井上は書いていない。この先の想像を巧みに読者に委ねることこそ、作家の腕だろう。その手のひらの上で踊れば、父親は失脚せず、国王も国を捨てなかったかもしれない。何とか不景気を乗り切り、したがってナチスとの二人三脚も避けられ、もしかしたらヨーロッパのユダヤ人六百万人の虐殺はずっと少なく、ドイツと日本も同盟せず、第二次世界大戦の少なく見積もっても五千万件の殺人事件（戦死・病死・餓死）も相当に抑えられたのではあるまいか……。

と、このように井上は犯罪を社会や歴史の文脈にはめ込み、その意味と影響の広がりを考えていく。被害者は気の毒だ、遺族の気持ちを考えて筆を抑えるなどということは、いっさいしていない。むしろ事件の背後には社会がある、歴史もあるのだ、そちらに目を向けよ、とその巧妙な筆法のうちで必死に訴えている。

本書後半で、戦後十年が過ぎた節分の日、八王子市の焼け跡マーケットで起きた小料理屋女将絞殺事件が取り上げられている。

一坪半ばかりの土間にはビール壜や鍋が散らかり、ビニール鞄にあったはずの売上金と貯金通帳が消えていた。銀行から三万三千円がおろされていることも判明した。悪質な強盗殺人事件である。しかし、奇妙なことに女将は手拭いで目隠しをしていた。無理やりされたものではなく、どう見ても自分から進んで顔を隠したようにしか思われなかった。死顔には笑った表情すら残っている。

紙数がないので（！）先を急げば、ビール壜についた指紋から犯人はすぐに割れた。詐欺窃盗事件で何度も捕まり、二ヵ月前に少年院を出てきたばかりの未成年だった。少年は仕事を転々とし、その都度、最初は律儀に働いて雇い主を信用させ、頃合いを見計らって売上金を盗み、ドロンすることをくり返していた。手配された少年は三週間後、立ち回り先で逮捕された。もう一人、少年院仲間だった年上の共犯者も捕まった。

信用させ、犯行に及ぶ、という手口は小料理屋女将のときも同じだった。二人は客として二、三度店に通い、女将と親しくなった。そこで大立まわりを演じて物盗りを実行すれば、ベニヤ板で仕切られただけの隣近所にバレてしまう。少年たちは一計を案じ、酔ったふりをして手拭いで顔を隠し、福笑いの遊びを始めた。順番がきて、今度は女将が笑いながら目隠ししたとき、隠し持っていた麻縄を女将の首に巻きつけ、グイッと絞め上げた。

裁判の結果、年上の青年も未成年だった少年も、「その犯行は計画的で残虐」「その反社会的性格は矯正困難」と判断され、死刑を言い渡された。これは初期の未成年者に対する死刑事件としてけっこう話題になり、近年の小説家や物書きもこっそりアンチョコとして使っているウィキペディアにも「福笑い殺人事件」として載っている。

しかし、その種の表面的説明をわきに置き、資史料に踏み入って、事件の核心を摑みだすのが井上ひさしである。井上は東京の活動写真弁士だった父親と、物心つくかつかないうちに逐電した母親とのあいだに生まれ育った少年の生い立ちを追いかける。父は妻に逃げられたあと、幼い少年と兄たちを連れ、郷里の広島に帰っていた。その八年後、少年の「斜め頭上で地球で最初の原子爆弾が炸裂した」。

さらに九年が過ぎて、少年は東京にいた。このとき、静岡県焼津市のマグロ漁船が南太平洋で操業中、アメリカが行なった水爆実験の死の灰を浴び、乗組員二十三人全員が被爆し、無線長が死亡する事件が起きた。このころから少年はやけくそになったように遊びだした、と共犯者が証言している。口癖は「おれはピカドンにやられているから長くないんだ。だから生きていられる間は、遊べるだけ遊ばなくちゃ」だったという。

本書の一編一編はこの文庫でも十ページから、せいぜい十二、三ページ。簡単に読める、と読者は思うかもしれない。事実、読み飛ばそうと思えば、二、三十分もあれば十分だ。だが、井上は短い文章に犯罪事実だけでなく、当時の世相や政治や国際情勢まで盛り込んでいる。右の小料理屋の描写ひとつにも、戦後日本のみじめさとたくましさが埋め込まれている。少年を狂わせたピカドンの底知れぬ怖さも伝わってくる。ルーマニア美女毒殺の真相を突き止めた巡査が殺された一件にも、ファシズムへと雪崩を打って傾倒していったプチブル小権力層と貧困層の心情が暗示されている。

わずか一語、たった一行で記されたその背後に、世の中の不穏と歴史のうねりを読み取れるかどうか。読み取ってくれるだろう、と井上ひさしは読者を信頼した小説家・劇作家だった。歴史の知識をかき集め、人の心と意識についての洞察力を集中し、精いっぱい応えること。本書は読者を試し、チャレンジングな読書体験をさせてくれる読み物である。

（よしおか　しのぶ／ノンフィクション作家）

本文中に、今日の人権意識に照らして不適切な語句や表現が見られますが、著者が故人であること、執筆当時の社会的・時代的背景と作品の文化的価値に鑑みて、そのままとしました。

『犯罪調書』
初出
「煉歯磨殺人事件」から「信濃川バラバラ殺人事件」までの14篇……
「カイエ」（冬樹社）一九七八年七月号～一九七九年八月号連載
「熊毛ギロチン事件」から「柳島四人殺し事件」までの6篇……
「週刊プレイボーイ」（集英社）一九八一年十月二十日号～一九八二年三月十六日号連載
初刊　一九八四年七月　集英社文庫

中公文庫

犯罪調書《はんざいちょうしょ》

2020年 9 月25日　初版発行

著　者　井上《いのうえ》ひさし

発行者　松 田 陽 三

発行所　中央公論新社

〒100-8152　東京都千代田区大手町 1-7-1
電話　販売 03-5299-1730　編集 03-5299-1890
URL http://www.chuko.co.jp/

ＤＴＰ　嵐下英治
印　刷　三晃印刷
製　本　小泉製本

Published by CHUOKORON-SHINSHA, INC.
Printed in Japan　ISBN978-4-12-206932-9 C1195

中公文庫既刊より

い-35-18
にほん語観察ノート　井上ひさし
ふだんの言葉の中に隠れている日本語のひみつとは？「言葉の貯金がなにより楽しみ」という筆者のとっておき。持ち出し厳禁、言葉の見本帳。
204351-0

い-35-19
イソップ株式会社　井上ひさし　和田誠絵
夏休み。いなかですごす二人の姉弟のもとに、毎日届く父からの手紙には、一日一話の小さな「お話」が書かれていた。物語が生み出す、新しい家族の姿。
204985-7

い-35-20
十二人の手紙　井上ひさし
転落した修道女の身も心もボロボロの手紙や家出少女の手紙など、手紙だけが物語る笑いと哀しみがいっぱいの迫真の人生ドラマ。新装改版。〈解説〉扇田昭彦
205103-4

い-35-23
井上ひさしの読書眼鏡　井上ひさし
面白くて、恐ろしい本の数々。足かけ四年にわたり新聞連載された表題コラム34編。そして、藤沢周平、米原万里の本を論じる、最後の書評集。〈解説〉松山巖
206180-4

い-35-24
完本　小林一茶　井上ひさし
何重にも施された仕掛けによって、おかしく哀しく敬虔に俳人一茶の半生を描き出す、読売文学賞受賞の傑作戯曲。エッセイ、対談、「一茶百句」などを増補。
206847-6

い-35-25
四捨五入殺人事件　井上ひさし
大雨で孤立状態となった山間の温泉宿。そこに足止めされた二人の作家の前で、密室殺人が起こる。演劇的仕掛けに富んだミステリーの逸品。〈解説〉松田哲夫
206905-3

い-108-4
天皇の影法師　猪瀬直樹
天皇崩御そして代替わり。その時何が起こるのか。天皇という日本独自のシステムを〈元号〉を突破口に徹底取材。著者の処女作、待望の復刊。〈解説〉網野善彦
205631-2

各書目の下段の数字はISBNコードです。978-4-12が省略してあります。

い-108-6
昭和16年夏の敗戦 新版
猪瀬 直樹
日米開戦前、総力戦研究所の精鋭たちが出した結論は「日本必敗」。それでも開戦に至った過程を描き、日本的組織の構造的欠陥を衝く。〈巻末対談〉石破 茂
206892-6

こ-58-1
清冽 詩人茨木のり子の肖像
後藤 正治
「倚りかからず」に生きた、詩人・茨木のり子の初の本格評伝。親族や詩の仲間など、茨木を身近に知る人物に丁寧に話を聞き、79年の生涯を静かに描く。
206037-1

た-20-2
脳 死
立花 隆
人が死ぬというのはどういうことなのか。人が生きているとはどういうことなのか。驚くべき事実を明らかにして生命倫理の最先端の問題の核心を衝く。
201561-6

た-20-4
脳死再論
立花 隆
今、脳死をめぐって、一体何が争点になっているのか。臓器移植の問題ともからみ、科学だけではなく倫理的にも不可避となった脳死問題の核心を衝く。
201811-2

た-20-5
脳死臨調批判
立花 隆
「もう助からない」を人の死と同一視してかまわないのか。脳死の概念を強引に拡大した臨調答申の脳死の定義・判定基準にかかわる側面を徹底的に批判。
202108-2

と-12-3
日本語の論理
外山滋比古
非論理的といわれている日本語の構造を、多くの素材を駆使して例証し、欧米の言語と比較しながら、日本人と日本人のものの考え方、文化像に説き及ぶ。
201469-5

と-12-8
ことばの教養
外山滋比古
日本人にとっても複雑になった日本語。時代や社会、人間関係によって変化する、話し・書き・聞き・読む言語生活を通してことばと暮しを考える好エッセイ。
205064-8

と-12-10
少年記
外山滋比古
五銭で買った「レントゲン」、父からの候文の手紙、教練でとった通信簿の「でんしんぼう」、恩師と食べたまんじゅうの涙——思い出すままに綴った少年記。
205466-0

各書目の下段の数字はISBNコードです。978－4－12が省略してあります。

と-12-11
自分の頭で考える　外山滋比古
過去の前例が通用しない時代、知識偏重はむしろマイナス。必要なのは、強くてしなやかな本物の思考力です。人生が豊かになるヒントが詰まったエッセイ。
205758-6

ほ-1-1
陸軍省軍務局と日米開戦　保阪正康
選択は一つ——大陸撤兵か対米英戦争か。東条内閣成立から開戦に至る二ヵ月間を、陸軍の政治的中枢である軍務局首脳の動向を通して克明に追求する。
201625-5

ほ-1-8
六〇年安保闘争の真実　あの闘争は何だったのか　保阪正康
それは、戦後の日本がいちどは通過しなければならない儀式だった——昭和史のなかで最も多くの人々を突き動かした闘争の発端から終焉までをつぶさに検証する。
204833-1

ま-17-9
文章読本　丸谷才一
当代の最適任者が多彩な名文を実例に引きながら文章の本質を明かし、作文のコツを具体的に説く。最も正統的で実際的な文章読本。〈解説〉大野　晋
202466-3

ま-17-11
二十世紀を読む　丸谷才一　山崎正和
昭和史と日蓮主義から『ライフ』の女性写真家まで、皇女から匪賊まで、人類史上全く例外的な百年を、大知識人二人が語り合う。〈解説〉鹿島　茂
203552-2

ま-17-12
日本史を読む　丸谷才一　山崎正和
37冊の本を起点に、古代から近代までの流れを語り合う。想像力を駆使して大胆な仮説をたてる、談論風発、実に面白い刺戟的な日本および日本人論。
203771-7

ま-17-13
食通知ったかぶり　丸谷才一
美味を訪ねて東奔西走、和漢洋の食を通して博識が舌上に転がすは香気充庖の文明批評。序文に夷齋學人・石川淳、巻末に著者がかつての健啖ぶりを回想。
205284-0

ま-17-14
文学ときどき酒　丸谷才一対談集　丸谷才一
吉田健一、石川淳、里見弴、円地文子、大岡信ら一流の作家・評論家たちと丸谷才一が杯を片手に語り合う。最上の話し言葉に酔う文学の宴。〈解説〉菅野昭正
205500-1